徳間文庫

お髷番承り候六

鳴動の徴《しるし》

上田秀人

徳間書店

目次

主な登場人物

深室《みむろ》賢治郎《けんじろう》　お小納戸月代御髪係、通称・お髷番。風心流小太刀の使い手。かつては三代将軍家光の嫡男竹千代（家綱の幼名）のお花畑番。

三弥《みや》　深室家の一人娘。賢治郎の許婚。

松平《まつだいら》主馬《しゅま》　大身旗本松平家当主。賢治郎の腹違いの兄。

徳川《とくがわ》家綱《いえつな》　徳川幕府第四代将軍。賢治郎に絶対的信頼を寄せ、お髷番に抜擢。

浅宮《あさのみや》顕子《あきこ》　伏見宮第十代当主・貞清親王の娘で、家綱の御台所。

阿部《あべ》豊後守《ぶんごのかみ》忠秋《ただあき》　老中。かつて家光の寵臣として仕えた。

徳川《とくがわ》頼宣《よりのぶ》　紀州藩主。謀叛の嫌疑で十年間、帰国禁止に処されていた。

三浦《みうら》長門守《ながとのかみ》為時《ためとき》　紀州徳川家の家老。頼宣の懐刀として暗躍。

徳川《とくがわ》光貞《みつさだ》　頼宣の嫡男。

安藤《あんどう》帯刀《たてわき》直清《なおきよ》　紀州徳川家の付け家老。光貞を補佐する。

順性院《じゅんしょういん》　家光の三男・綱重の生母。落飾したが依然、大奥に影響力を持つ。

新見《にいみ》備中守《びっちゅうのかみ》正信《まさのぶ》　甲府徳川家の家老。綱重を補佐する。

桂昌院《けいしょういん》　家光の四男・綱吉の生母。順性院と同様、大奥に影響力を持つ。

牧野《まきの》成貞《なりさだ》　館林徳川家で綱吉の側役として仕える。

第一章　君の迷い

一

名門とはいえ、無役でしかない寄合旗本《よりあいはたもと》というのは、暇であった。もちろん、領地の経営などするべきことは多々あるが、それらは家臣に丸投げし、なんとかして役目につきたいと運動して回る者がほとんどであった。

寄合三千石松平主馬《まつだいらしゅま》もその一人であった。

「なぜじゃ」

松平主馬が吐き捨てた。

すでに松平主馬は三十歳を大きくこえていた。

もともと寄合旗本は、身分にふさわしい役職の空《あ》き待ちという意味合いが強い。小旗本や御家人《ごけにん》たちが懲罰として配置される小普請組《こぶしんぐみ》とは大いに違うのだ。寄合旗本のほとんどが、家督を継いでまもなく書院番や小姓《こしょう》番について、実務をならい、番頭《ばんがしら》や遠国奉行《おんごくぶぎょう》へと進んでいく。そのなかから優秀な者が選ばれ、大目付《おおめつけ》や、勘定《かんじょう》奉行、町奉行という役目にのぼり、幕府を支える。なかには大きな功績を挙げ、加増を受けて大名に列する者もいた。

寄合旗本は、生まれながらにして選抜されているといえた。

しかし、松平主馬は家督を継いで、十年以上になるというのに、いまだ無役のままであった。

「どうして、儂《わし》には声がかからぬ。松平家は代々番方として名をなしてきた家柄であるというに」

一人居室で松平主馬は不満を呟《つぶや》いていた。

松平家はその名が示すとおり、徳川の一門であった。といったところで、かなり前に枝分かれしたため、一門ではなく家臣というのが正しい。とはいえ、徳川家がまだ三河《みかわ》の土豪であったころから仕《つか》えている譜代《ふだい》中の譜代である。事実松平家の当主は、代々家督を継ぐと書院番組へ召し出され、数年で小姓組へ移り、やがて大番頭へと転じていくのが慣例であった。松平主馬と深室賢治郎《みむろけんじろう》の父多門《たもん》もそうであった。いや、多門は大番頭から大目付へと手を伸ばしかけていた。大目付の席待ちをしていたときに病《やまい》を発し、隠居せざるをえなくなった。

通常、こういうときは先代当主であった多門の功績に報いるため、慣例として家を継いだ主馬へなにかしらの役目が与えられる。しかし、それはなされなかった。

当主になるなり、お花畑番として家綱《いえつな》に仕えていた弟賢治郎を引かせたのが、松平伊豆守信綱《いずのかみのぶつな》や阿部豊後守忠秋《あべぶんごのかみただあき》の不興をかったのだ。

お花畑番とは、名門旗本の子弟から選ばれ、次代の将軍となる世子の側《そば》に侍《はべ》る役目である。ともに勉学を学び、武術の鍛錬をし、成長していく。いわば、家綱の幼なじみである。物心がついたときから、側近くにいるため、その忠誠は揺るぎないものとなり、やがて次代の将軍を支える有為《ゆうい》の人材となる。そうするために、お花畑番には多くの手間がかけられる。それを己の好き嫌いだけで、主馬は辞めさせた。当然、家綱の側近たちからは、睨《にら》まれる。

主馬はそれに気づかなかった。ただ、腹違いの弟が将軍の側近として出世し、いずれ己を抜き去る地位に就く。いわば弟への嫉妬《しっと》だけで動いたことになる。そのような浅ましい者に役目を与えるほど、幕府は甘くはなかった。

幕閣に嫌われていることに、主馬はすぐ気づいた。当然である。あらゆる猟官《りょうかん》運動がまったく功を奏さなかった。どころか、賄賂《わいろ》として出したものや金は、いっさい手を付けられることなく返される。いかに世俗に疎《うと》い寄合旗本でも、己の置かれた立場がよろしくないことはわかった。

松平伊豆守や阿部豊後守ら現在の執政から厭《いと》われているならば、新たな実力者へすり寄ればいい。松平伊豆守や阿部豊後守は先代家光《いえみつ》将軍の御世《みよ》から働き、すでに老齢となっている。執政の座にあるのもそう長くはない。そう考えて松平主馬は、堀田《ほった》家へと近づいた。堀田家を選んだのは、正俊《まさとし》の父加賀守正盛《かがのかみまさもり》が、松平伊豆守、阿部豊後守に匹敵する家光の寵臣《ちょうしん》であったからであった。いや、松平伊豆守や阿部豊後守以上の忠臣だった。なにせ、加賀守正盛は、家光の死に殉じていた。

殉死した家臣の遺族は格別な扱いを受ける。命を差し出すという最大の忠義をおこなったのだ。家督の相続が認められるのはもちろん、加増されたり、よりよい稔《みの》りの得られる良好な土地への転封《てんぽう》などの褒美《ほうび》を与えられることもある。なにより、家を継いだ者は、殉死した父同様にまちがいなく重用される。

　主馬はそこにかけた。

　しかし、そううまくはいかなかった。主馬が最初に頼った堀田加賀守正盛の嫡男で佐倉《さくら》藩を継いだ正信《まさのぶ》は、数年の我慢ができず、己が執政になれない不満を爆発させ、幕政批判をおこなったうえ、無断で帰国するという重罪を犯し、あっさりと改易の憂き目にあった。

　本来なら、一門にも累は及び、堀田家は権力の近くから遠ざけられるはずであった。だが、それも殉死という美名が救った。謀叛《むほん》に近い行動をした正信でさえ流罪ですみ、一門は軽い謹慎でことは終わった。おかげで主馬も巻きこまれなかったうえ、堀田家との縁も切れず、そのまま生き残った正信の弟備中守《びっちゅうのかみ》正俊の取り巻きとなれた。なれたというのは主馬の言いぶんでしかない。実際は、あからさまに堀田家へすり寄っていた主馬のすがる先は、他になかっただけであった。

　将軍の幼なじみである弟を奪った旗本と、兄の愚行に巻きこまれた大名。

　二人は共通する不遇をつうじて急速に接近していった。

　どちらにも野望があった。主馬は松平家を一万石の大名にまで引きあげることを夢に見、堀田備中守正俊は、父加賀守正盛と比肩する老中へなることを望んだ。

「備中守どのも情けない」

主馬が嘆息した。

松平伊豆守の死去を見て、勢力の拡大を暗躍した堀田備中守だったが、その裏を見抜かれて、阿部豊後守より厳しい叱責《しっせき》を受けていた。そのあおりを受けて、主馬は堀田備中守からしばらくおとなしくするようにと言われていた。

「まずいな。このままでは、賢治郎に遅れをとる」

主馬は焦《あせ》った。

四代将軍の側近として出世するはずだった弟を、格下の旗本の家へ婿《むこ》養子に出したまではよかったが、その弟賢治郎は今や家綱のお鬚番《まげばん》として重用されている。

将軍の身体《からだ》に唯一刃物を当てられるお鬚番は、もっとも信頼厚き者である。身分こそ小納戸《こなんど》と低いが、身近にいるだけに将軍や執政の目にもつきやすく、引き立てられる機会も多い。小納戸から小姓組、そして遠国奉行へと累進していく者など、珍しくないのだ。そこでさらなる手柄を立てれば、勘定奉行、町奉行も手が届く。もし、賢治郎がそこまでくれば、確実に実家である松平家をこえる。

「冗談ではないぞ。卑しき妾《めかけ》の子に負けるなど……」

一人主馬が呟いた。

「いまさら、他の方《かた》につくわけにもいかぬ」

一度すがると決めたならば、よほどのことがないかぎり変節するのはまずかった。すでに松平主馬が、堀田備中守の走狗《そうく》だと知れ渡ってしまっている。少し、堀田備中守につごうの悪いことがあっただけで、他に色目を使えば終わりなのだ。堀田家からは恨まれ、新しく近づいた相手には疑われ、身の置き場をなくす。

「なんとかして、賢治郎を抑えねば。深室作右衛門《さくえもん》も情けない。娘婿一人御《ぎょ》せぬとは」

主馬の愚痴《ぐち》は、弟の婿入り先である深室家の当主へと向かった。

「作右衛門を留守居《るすい》番にするために、どれだけ儂が金と気を遣《つか》ったか、まったくわかっておらぬ。備中守さまに儂のことを差し置いて、無理をお願いしたのだぞ」

小さく膝《ひざ》を揺すりながら、主馬がののしった。

「堀田備中守どのが、動けぬ今こそ、儂が妙手を打つべきだ。いや、立場をあげる好機である」

独《ひと》り言《ごと》ながら、主馬は強く宣した。

「このままでは、堀田家とともに沈むか、たとえ備中守どのが復権したとしても、さしたる功のない者として、申しわけていどの褒賞をありがたがって受け取るしかなくなる。なれど、ここで大きな手柄を立てておけば……」

一度言葉を主馬がきった。

「備中守どのに恩を売れる」

主馬が笑った。

「……中岡杢兵衛《なかおかもくべえ》はおらぬか」

笑いを引っこめて、主馬が用人《ようにん》を呼ぶために手をたたいた。

お髷番は通称であり、正式には小納戸月代御髪《さかやきおぐし》係といった。小納戸は将軍の身の廻《まわ》りの世話をするのを任としており、若年寄《わかどしより》支配で役高五百石であった。その職務は多岐にわたり、将軍の居室である御座の間の掃除から、将軍の食事の毒味もおこなった。

そのなかで月代御髪は格別な役目であった。

将軍は武家の頭領である。それはすべての武家の模範でなければならないのと同義であり、身だしなみにも細心の注意が求められた。当然、月代は毎日剃《そ》らねばならず、髪の乱れも許されない。かといって、将軍のもとまで髪結いを呼ぶことなどできようはずもなく、小納戸のなかから手先の器用な者を選んで、月代をあたらせ、髷を結わせた。これが、月代御髪であった。

月代御髪は、その職務上、将軍家の身体に剃刀《かみそり》をあてることが許されていた。医師でさえ、直接触れることを遠慮する将軍の頭や首に刃物を近づける。将軍が、月代御髪に全幅の信頼を置いていないとできることではなかった。

もし、月代御髪が将軍を害しようと考えれば、誰も止めることができないのだ。髭《ひげ》を剃る振りをして首に擬《ぎ》した剃刀を、ほんの一寸（約三センチメートル）動かすだけで、将軍の首の血脈を断てる。

首の血脈を切られれば、どれほどの名医がその場にいても助けることはできない。これからわかるように、月代御髪は将軍へ絶対の忠誠を捧げる者でなければなれない役目であった。

「御髪触れさせていただきまする」

深室賢治郎は、四代将軍家綱へ声をかけてから、手を伸ばした。

すでにお髷番となって長く、家綱の髪を整えた回数も数百をこえている。だが、賢治郎は、いまだに毎朝、緊張で手が震える思いであった。

「ご無礼を……つっ」

剃刀を月代にあてるために、膝立ちとなった賢治郎が小さく呻《うめ》いた。

「痛むのか」

家綱が顔を動かすことなく、前を向いたまま後ろの賢治郎へ問うた。

「申しわけございませぬ。お見苦しいまねをいたしました」

剃刀を外して、賢治郎が詫《わ》びた。

先日、紀州家嫡男徳川光貞《みつさだ》の命《めい》を受けた根来者《ねごろもの》に襲われた賢治郎は、撃退に成功したが、足へ傷を負っていた。

「大事にいたせよ」

「かたじけなきお言葉」

いたわる家綱へ、賢治郎は一膝さがって平伏した。

「わたくしの未熟のせいでございますれば」

賢治郎は情けなさそうな顔をした。

複数が相手とはいえ、倒した相手から足へ攻撃を受けるなど、剣士としてあまりに恥ずかしい失態であった。かろうじて軽傷ですんだとはいえ、一つまちがえば、片足を失うこともありえた。賢治郎は、猛省していた。

「未熟か。躬《み》も同じよな。将軍といったところで、何一つ己でできるわけでもなく、執政どもの言うとおりにしているだけ。父のように老中《ろうじゅう》どもを使いこなすようになるには、あとどれだけかかるのやら」

家綱が嘆息した。

徳川家康《いえやす》が幕府を開いて四代、五十年以上が経《た》っていた。

鎌倉《かまくら》幕府、室町《むろまち》幕府の例を見てもわかるように、幕府を創設した初代は政《まつりごと》を自らの手でおこない、配下も使いこなした。それくらいのことができなければ、天下を統一することなどできないからだ。

しかし、二代目、三代目と代を重ねるごとに、将軍は権威の象徴としてまつりあげられていく。乱世のように即断しなければならない状況から、泰平へと移行する。これは、五年先、十年先を見据えたものへと政も変わっていくことであり、一人将軍だけでは対応できないほど複雑になる。できなくなれば、誰かに手伝わせるしかなくなる。それが老中から執政、勘定奉行のような役人である。

執政、役人は経験を積み、それを前例として残していく。前例に従えば、さしたる問題もなく政は動く。決められた動きですむだけに、余計な手間もかからず、負担も少ない。決して最良の結果を招くとはかぎらないが、少なくとも可の結末は保証されている。より良い状態を欲して、失敗してはそれこそ本末転倒になりかねない。こうして、泰平の政は、大過なく過ごすことに主眼がおかれるようになる。

そうなれば、すべてに対して全権を持つ将軍はかえってじゃまとなった。一人の意見で、前例を覆《くつがえ》されては、その前例に連なるすべてが狂うからだ。一つの事案のために、それこそ膨大な労力と時間が浪費されてしまう。役人たちにとって、予想のつかないことほど面倒なものはない。それが主君の命でも、思いつきだけで言われては、執政たちにとっては迷惑なのだ。

乱世に必須の英雄は、泰平では不要となる。そして英雄の跡を継いだ者に求められるのは、すべてを思うがままにしようという気概ではなく、ただ血筋だけであった。

「躬はなんのためにあるのかの。ただ、大奥へかよい、女を孕《はら》ませるだけでよいというのか」

小さく家綱が嘆息した。

「そのような……」

「しかし、躬はそれすらできていない」

　否定しようとした賢治郎を家綱がさえぎった。

「躬には子がおらぬ。ゆえに、跡継ぎのことを巡って、要《い》らぬ動きをする者が出てくる。二人の弟たち、御三家」

　家綱が苦い声を出した。

「同じく神君の血を引く者同士で相争う。父より躬が天下を受け継いだときには何一つもめることなどなかった。綱重《つなしげ》も、綱吉《つなよし》も、名乗りをあげようなどとはしなかった。それが今はどうじゃ。四代将軍の座には躬があり、病に伏せているわけでもない。なのに、五代将軍になろうとして動く者が後を絶たぬ」

「…………」

「島津や前田、毛利《もうり》などの外様《とざま》大名どもが、天下を狙《ねら》って動くというならばわかる。そうではないのだぞ。吾《わ》が血を分けた弟たちが、躬の死を待っている。なんとも情けないではないか。弟たちからさえ、敬われぬとあらば、躬に天下人としての器量はない」

「……上様《うえさま》」

悲痛な家綱の様子に、賢治郎はなにも言えなくなった。

「賢治郎」

「はい」

呼ばれて賢治郎は応じた。

「躬が将軍でなくなっても、仕えてくれるか」

「な、なにを」

賢治郎は絶句した。

「躬が将軍である限り、天下が落ち着かぬというならば、身を退くことこそ世のためである」

家綱が告げた。

「なにを仰《おお》せられまする」

なんとか賢治郎は衝撃から立ち直った。

「なにより、躬は疲れた。無力な天下人を続けるのは、もう嫌じゃ」

力なく家綱が首を振った。

「甲府《こうふ》さま、館林《たてばやし》さま、どちらにお譲りなされるおつもりでございましょうや」

家臣が主君の一門を名前で呼ぶことは非礼にあたる。賢治郎は、家綱の弟たちをその領地の名前で称した。

「どちらでもない」

はっきりと家綱が首を振った。

「綱重も綱吉もともに子がおらぬ。これでは、躬と同じじゃ。どちらに譲ったにせよ、片方が黙ってはおるまい。それこそ、もっとひどいことになろう。なにせ、躬は将軍を降りて大御所《おおごしょ》になるのだ。大御所となった躬は、将軍に戻ることはできぬ。となれば、譲られた弟に対し、残った一人は唯一の後継者たるのだ。今、露骨に躬を殺しに来ぬのは、どちらに将軍位が転がるかわからぬからだ。そう、互いに牽制《けんせい》し合っているゆえ、躬の命は安泰でいる。しかし、躬が退けば敵は一人となる。跡継ぎになれなかった者からすれば、五代将軍が死ねば、六代将軍となれるのは、己一人なのだぞ。五代将軍に子ができる前にと動きだそう」

「……たしかにさようでございまする」

賢治郎も納得するしかなかった。

「では、どなたに」

「紀州《きしゅう》に譲ろうと思う」

家綱が述べた。

「紀州公には男子が何人もある。老齢ではあるが、次代への危惧《きぐ》はない。万一があっても継承に支障はでぬ」

「し、しかし、紀州公は御三家。三代将軍家光さまのお血筋がお二人おられることから考えて、とても……」

「躬の命でもか」

「それは……」

将軍の言葉は絶対である。そうでなければ、天下は維持できない。

「執政どもが反対しても、躬がそうしたいといえば、それまでであろう」

「仰せのとおりではございまするが……」

将軍を譲るという家綱に、賢治郎は同意するわけにはいかなかった。

「…………」

賢治郎は大きく息を吸った。

「……どうした」

雰囲気の変わった賢治郎へ、家綱が怪訝《けげん》な声をかけた。

「最初に申しあげさせていただきまする」

「なんだ」

「わたくしめは、たとえ上様が将軍であられましょうと、お退きあそばそうとも、お仕えいたしまする。わたくしにとって、主君はただお一人、上様だけでございまする」

賢治郎が宣した。

「うれしいぞ、賢治郎」

険《けわ》しい表情を家綱が少し緩《ゆる》めた。

「ゆえに、諫言《かんげん》申しあげまする」

「なにっ」

きつい口調になった賢治郎を見た、家綱が驚いた。

「今上様が、紀州公へ将軍位をお譲りになされれば、天下に混乱を生みまする」

賢治郎は背筋を伸ばした。

「まず、紀州公はご分家筋でございまする。もともと御三家は、将軍家に人なきとき、世継ぎを出すためにと神君家康公がお設けになられた家柄。今の将軍家には上様以外にも甲府公、館林公がおられまする。このご両家を差し置いて、分家筋を引き入れるは、順逆となりましょう。これは、家康さまのご遺訓に反すること」

「…………」

将軍といえども、神君家康の名前が出れば、反論することはできなかった。

「三代将軍家光さまの継承を、上様は正しきものではないと仰せられまするか」

「そんなつもりはない。父は二代将軍の嫡子である。まさに正統である」

家綱が言った。

「なれば、家光さまのご嫡子である上様も正統。本家を押しのけて分家が出しゃばるようになれば、それは家康さまが定められた長幼の順を乱すことになりましょう。これはいわば下克上《げこくじょう》。将軍家が下克上をおこなえば、下々《しもじも》が倣《なら》うは必定《ひつじょう》でございまする。親を子が押しのけ、兄を弟が排除し、主君を家臣が抑える。これはもう乱世の再来でございましょう。世が乱れて争えば、難儀するのは民《たみ》百姓。民百姓の受難は国を荒らしまする」

「そこまで……」

「蟻《あり》の一穴《いっけつ》どころではないのでございまする。将軍家のなさることは、天下の範なのでございますれば」

おおげさなと口にしかけた家綱へ、賢治郎はさらに重ねた。

「上様、人には生まれたときからそれぞれにしなければならないことが定められております る。百姓に生まれた者は、田を耕し、より多くの米を作る。侍として生まれた者は、武を磨き、主君に尽くす。それが分《ぶん》」

「将軍の家に生まれた躬は、世の手本となる義務があると申すか」

きっと家綱が賢治郎を睨《にら》んだ。

「望んで生まれてきたわけではない」

「はい」

言い返す家綱に、賢治郎は同意した。

「しかし、生まれた限りは、定めに従わざるをえませぬ」

小さく賢治郎は首を振った。

「人が己の分を守り、最善を尽くす。それだけで、天下は泰平。分をすぎた望みを抱《いだ》く者、あるいは与えられた天分を無にする者、これらが増えたとき、世の秩序は乱れまする」

「天分……」

家綱がつぶやいた。

「上様は、まだお若いのでございまする。跡継ぎができるできないを論ずるには早すぎましょう。なにより、上様が将軍家としてふさわしいかふさわしくないかなど、とても判断する時期ではございませぬ」

「今でないならば、いつだと言うか」

「畏《おそ》れ多いことながら、上様がお隠れになられたときでございましょう」

「死ぬまでわからぬと」

念を押すように家綱が問うた。

「当然でございましょう。人は日々変わるものでございまする」

「躬も変わることができると思うか」

「はい」

力強く賢治郎は首肯《しゅこう》した。

「そうか」

家綱が目を閉じた。

「飾りから脱するのは、躬の努力次第ということ」

「…………」

無言で賢治郎は家綱を見守った。

「助けてくれるか」

「いいえ」

賢治郎は首を振った。

「な……きさま」

拒まれて家綱が目を見張った。

「お助けすることはできませぬ。分が違いまする。ただし、上様がどのようにお変わりになられましょうとも、わたくしはともにありまする」

「……ともにあってくれるというか」

「僭越《せんえつ》ではございますが」

ゆっくりと賢治郎はうなずいた。

「一人でなければ、闇夜《やみよ》の山道も怖《おそ》れることはないの」

家綱がほほえんだ。

「そなたが、家臣としての分を躬に尽くしてくれるというならば……」

あらためて家綱が、賢治郎を見つめた。

「躬は真の将軍になろうと思う」

「はっ」

賢治郎が下がって平伏した。

「頼むぞ、賢治郎」

「命に替えまして」

頭を下げたままで、賢治郎が誓った。

「違う。死ぬことは許さぬ。生きて、躬が将軍として天下を統《す》べるのを見よ」

「畏れ入りましてございまする」

賢治郎は、家綱の気遣いに恐縮した。

二

お髷番の任は、午前中だけで終わる。本来お髷番は三人の交代であった。こうすることで、他の小納戸同様、非番、当番、宿直《とのい》番をこなしてきた。しかし、今は家綱のお声掛かりで、お髷番は賢治郎一人となっている。当然、毎日登城《とじょう》して家綱の髷を整えなければならない。非番がなくなった。その代わり、賢治郎には昼に下城することが認められていた。

「お先に失礼をいたしまする」

昼餉《ひるげ》担当の小納戸たちが、下部屋から出て行くのを見送って、賢治郎は腰をあげた。

「うむ」

残っていた小納戸たちが、ただうなずいた。

賢治郎が、早くに下城することを最初他の小納戸たちは、不快な顔で見送っていた。一人将軍から特別扱いされる者への嫉妬である。役人たちというのは、己の出世に熱心である。だが、それ以上に他人の出世を嫌った。昨日まで同僚として、いや、後輩として扱ってきた者が、今日から上役になる。己より、そいつが優れていると見せつけられる瞬間である。それはなかなか我慢のできることではなかった。

小納戸たちも、当初、賢治郎が下城の挨拶《あいさつ》をしても、無視するか、皮肉を口にするなど、嫌がらせを繰り返した。

しかし、それも長くは続かなかった。

家綱の賢治郎への寵愛《ちょうあい》が本物だとわかったからであった。寵臣に下手《へた》な手出しは命がけになる。

「某《なにがし》が、わたくしにこのようなことを」

そう家綱に告げられれば、身の破滅になる。己一人ですめばいい。寵愛する家臣へ侮蔑《ぶべつ》をくれた者を将軍が許すはずもなく、それこそ一族共に罰せられる。いや、家綱がしなくとも、将軍の意を汲《く》むことに長《た》けた他の者が、気を回して咎《とが》めを与えてくるのだ。

役人にとってなによりは、忠義でもなければ仕事の成果でもない。保身である。賢治郎が真の寵臣とわかったとたん、他の小納戸たちの態度が変わった。忌避するでも、おもねるのでもなく、ただかかわりを薄くした。

寵臣にすりよって、そのおこぼれをもらうという者もいるが、それは諸刃《もろは》の剣《つるぎ》なのだ。寵を失ったとき、あるいは主君が死んだとき、寵臣は没落するのが定めである。寵臣にすりよることで、栄華をともにした者も同じ運命をたどる。

少しでもものごとを見ることのできる者は、寵臣に近づこうとはしなかった。

一人下城した賢治郎は、深室家の中間清太《ちゅうげんせいた》の出迎えを受けた。

「ご苦労であった」

賢治郎が清太をねぎらった。

「若さま、お嬢さまは、本日菩提寺《ぼだいじ》へお参りにお出かけでございまする。先代さまのお忌日でございまする」

歩きながら清太が言った。

「そうか」

ちょっとした武家の女はまず外出しなかった。買いものがあれば、女中か中間が出向くし、呉服や小間物《こまもの》ならば出入りの商人を呼びつける。それこそ姫と呼ばれる身分の娘ともなると、嫁入りまで屋敷からほとんど出たことがないというのも普通であった。

そんな武家の女の唯一と言っていい外出が、墓参りであった。墓参りのあと、寺近くの茶屋などで休息するのが、武家の娘にとってなによりの息抜きとなっている。

「お戻りでございまする」

屋敷近くになったところで、清太が前触れの声をあげた。

「開門」

深室家の大門が引き開けられた。

武家屋敷は城と同じ扱いを受けた。その大門は、主君、上役、親族筋、当主の出入りでなければ開かれず、閉じられている間は、たとえなかで屋敷が燃えていても、何一つ手出しができなかった。

少し前まで賢治郎の帰邸では大門は開けられなかったが、いつまでも将軍の側近くに仕えている小納戸を潜《くぐ》り門《もん》出入りさせるわけにいかず、今では当主に準ずる扱いを受けるようになっていた。

「…………」

いつもなら出迎える許婚《いいなずけ》の三弥《みや》の姿がないことに、賢治郎は一抹《いちまつ》の寂しさを覚えながら、居室へと入り、裃《かみしも》を脱いだ。

昼餉をすませた賢治郎は、両刀をふたたび手にした。なにかとちょっかいをかけてくる三弥がいない。賢治郎は暇をもてあましていた。

「師のもとへ行くか」

当主と決裂したため実家を訪れることができない。手空《てす》きの賢治郎の行く先は二つしかなかった。一つは髪結いの研鑽《けんさん》を積むために通った髪結い床の上総屋《かずさや》であり、残るは剣の師匠のもとであった。

「善養寺《ぜんようじ》へ参る」

行き先を清太に告げて、賢治郎は屋敷を出た。

善養寺は上野寛永寺《かんえいじ》の末寺である。善養寺の住職である巌海和尚《がんかいおしょう》は、賢治郎の剣術の同門で先達にあたる。

「どうした」

信者の対応をしていた巌海和尚が、賢治郎に気づいた。

「剣術ならば、厳路坊《げんじぼう》に頼め。儂は忙しい」

巌海和尚が庫裏《くり》を指さした。

善養寺は薬師如来《やくしにょらい》を祀《まつ》り、霊験《れいげん》あらたかで知られている。朝から晩まで、参詣《さんけい》する者が途絶えなかった。

「はい」

苦笑して賢治郎は庫裏の裏へと回った。

「お師……」

裏庭に厳路坊の姿を見つけた賢治郎は、呼びかけて止めた。厳路坊が薪割《まきわ》りをしていた。

「……はっ」

古びた鉈《なた》を厳路坊が振るたびに、二の腕ほどある薪が真っ二つになっていく。

「ううむう」

うなりながら、賢治郎はその様子を見ていた。

「なんじゃ」

手元にあった薪をすべて割り終わった厳路坊が振り向いた。

「拝見つかまつりました」

姿勢を正して、賢治郎は一礼した。

「ふん。大道芸じゃわ」

厳路坊が苦笑しながら足下を見た。割られた薪は、すべて一所《ひとところ》へまとまって落ちていた。

「刃筋と力の方向、薪の底と地面の当たりかた。それをわかれば、子供でもできる」

さりげなく厳路坊が語った。

「ありがとうございまする」

賢治郎は礼を述べた。

「やってみるか」

「はい」

厳路坊から賢治郎は鉈を受け取った。

「…………」

初めて手にする刃物は、その重さ、重心の位置などがわからない。それを確認するために、賢治郎は数回鉈を素振りした。

「では……はっ」

賢治郎は用意されていた薪を鉈で割った。

「……つっ」

上手《うま》く鉈が食いこまず、手にしびれが残った。

「あほう。見るのは刃先だけではない。薪の目も読まぬか。ものにはなんにでも筋がある。そこを見極めれば、力は要らぬ。たとえ兜《かぶと》といえども割れる」

厳しく厳路坊が叱咤《しった》した。

「筋……」

いきなり言われても賢治郎にはなんのことかわからなかった。

「よく薪を見ろ。年輪があるだろう」

「はい」

乾燥した薪ははっきりとした年輪を刻んでいた。

「年輪は、木が一年で育った証拠である。だけではない。日当たりのよいところは太く、悪いところは狭くなる。これは均等という観点から見れば、いびつなのだ。そしていびつなところは弱点となる。それを考えてやってみろ」

「……」

無言でうなずいて、賢治郎は新しい薪を手にした。薪の断面をよく観察した賢治郎は、年輪の幅の狭いほうへ刃をくいこませるようにして打った。

甲高《かんだか》い音がして薪が割れた。

「わかったようだな。これは薪だけではない。すべてのものに言えることなのだ。兜も同じ。南蛮《なんばん》作りの明珍《みょうちん》兜であっても、作るときに無理をしているところはどこかにある。そこを狙えば、たやすくはないが刃はとおる」

「一瞬で見抜けましょうか」

理解はできたが、真剣勝負の最中に筋を探し出せるとは賢治郎は思えなかった。

「ふむ。……しばし薪を割っておれ」

言い残して、厳路坊が庫裏へと消えた。

小半刻《こはんとき》（約三十分）ほどして、厳路坊が戻ってきた。

「師、それは」

厳路坊の手にしているものを見て、賢治郎は首をかしげた。

「古くなった木魚よ」

見てわからぬかと言わんばかりに、厳路坊があきれた顔をした。

「それはわかりますが……」

賢治郎は木魚の意味を問うていた。

「新しい修行じゃ」

そう答えて、厳路坊が木魚を手ぬぐいで包んだ。

「刀で斬《き》ってみろ」

厳路坊が手ぬぐいで覆《おお》った木魚を賢治郎の一間《けん》(約一・八メートル)前に置いた。

「承知」

師の言葉は絶対である。疑義を残したまま、賢治郎は鉈を置き、代わって脇差《わきざし》を抜いた。

「おう」

短く気合いを出して、賢治郎は腰を落とし、木魚を撃った。

「あっ」

手応《てごた》えのなさに賢治郎が声を漏らした。

「ふん」

鼻先で厳路坊が笑った。

「拾いあげて、見てみろ」

「ご免」

言われた賢治郎は脇差を鞘《さや》へ戻し、木魚を取りあげた。

「なかまで斬れていない」

さすがに手ぬぐいは斬れていたが、なかの木魚には傷が付いているだけであった。

「筋があっていないからだ」

「しかし、手ぬぐいで隠されては……」

「目に見えなければ、なにもわからなくて当然だと言いたいのか」

言いわけしかけた賢治郎を、厳路坊が冷たい目で見た。

「……うっ」

すさまじい眼光に、賢治郎は詰まった。

「これがなにを模しているかくらいはわかっておろうな」

「人の頭でございましょうや」

小さな声で賢治郎は答えた。

「そうだ。人の頭だ。皮で包まれた丸い頭蓋骨《ずがいこつ》。これをどうやって斬ればいいのか
……」

賢治郎から木魚を取りあげると、厳路坊がもう一度地面へ置いた。

「貸せ」

「はい」

手を差し出した厳路坊へ、賢治郎は脇差を鞘ごと差し出した。

「ぬん」

無造作に厳路坊が脇差を振った。

「あっ」

木魚が割れて、左右へと分かれた。賢治郎は感嘆した。

「これの筋は、丸いところの頂点である。そこをまっすぐに上から刃筋をあわせて撃てば、割ることなど容易じゃ」

「皮は……」

「衣服を着た敵と戦うときと同じじゃ。衣服を斬ることに主眼は置くまい。その下を断つ。そうであろう」

「仰せのとおりでございまする」

賢治郎は頭をさげた。

「皮は動く。動くことで刃筋がずれる。ならば、動く間《ま》を与えねばいい。剣圧で押さえてしまえば、ずれることなどなくなろう」

厳路坊が告げた。

「もう一度やってみろと言いたいところだが、貧乏寺だ。木魚の余分などない。自宅で工夫しろ」

「お教えありがとうございまする」

もう帰れと手を振った厳路坊へ、ていねいに頭を下げて賢治郎は善養寺を後にした。


善養寺を出た賢治郎は屋敷へと戻ることにした。

暇つぶしに来たと師匠に見抜かれ、まともに相手さえしてもらえなかった。とはいえ、一つ新しいことを教えられたのだ。

剣士として賢治郎は少しでも早く、学んだことを身につけたかった。

公用ではなく、私用での外出である。賢治郎は大門を開けさせず、潜り門から屋敷へと入った。

「おかえりなさいませ」

潜り門脇の門番小屋から、小者《こもの》が顔を出した。

「うむ。三弥どのは」

「半刻（約一時間）ほど前にお戻りになられましてございまする」

問う賢治郎へ、小者が答えた。

「そうか」

うなずいて賢治郎は、そのまま玄関へと向かわず、建物を回りこむようにして、勝手口に向かった。

勝手口を出たところにある井戸端が、賢治郎の稽古場《けいこば》であった。

「………」

賢治郎は脇差を抜いて構えた。

屋敷に木魚のようなものなどなかった。丸いものを実際に斬ることはできない。しかし、剣圧を高めた振りを繰り出すことはできる。

「はっ」

片手上段にした脇差を賢治郎は振った。振り下ろしては上げ、上げては振り下ろす。切っ先が一つの軌道を通り続けるよう、何度も何度も繰り返した。

「ご精がでますること」

どのくらい素振りをしたか、賢治郎も数えきれなくなったころ、背後から声がかかった。

「三弥どの」

賢治郎は脇差を止め、鞘へ納めてから振り向いた。

「お出かけだったそうでございますね」

三弥が近づいてきた。

「善養寺へ出かけて参りました」

「お師匠さまのところへでございますか」

すぐに三弥が理解した。

「はい」

首肯しながら、賢治郎は懐《ふところ》から出した手ぬぐいを、井戸の水で濡《ぬ》らし、軽く絞った。

「失礼する」

断って賢治郎は肌脱ぎになって、汗を拭《ふ》いた。

「…………」

三弥が頰《ほお》を少し染めて、横を向いた。

「お寺へお行きだったとか」

汗を拭き終えた賢治郎は、手早く身形《みなり》を整えた。

「はい。おじいさまの祥月命日にあたりますので」

顔を賢治郎へ戻しながら、三弥が述べた。

深室家の先代、良二郎《よしじろう》は、四百石だった深室家を六百石に押しあげた功労者であった。

代々、番方《ばんかた》として幕府に仕えてきた深室家は、大番組に属していた。良二郎は、大番組での精励《せいれい》な勤務ぶりを称せられ、書院番組へと引きあげられた。

書院番組は小姓番組と並んで両番組と言われる番方の花形である。小姓番が、将軍のすぐ側で護衛にあたるのに対し、書院番は将軍の外出の供や、諸門の警衛を任とする。将軍の目に止まるのは、小姓番のほうが多く、出世していく者も多いが、書院番も旗本あこがれの役目であった。

大番組から書院番組へ抜擢《ばってき》された良二郎は、十年の間勤務に励み、その功績をもって家禄《かろく》を二百石加増された。

当主が大番組で終わるか、書院番で引退するか。その差は跡継ぎに大きな影響を出した。大番組のままであれば、そのほとんどが一度は小普請組へ編入され、そこから這《は》い上がっていかなければならない。しかし、書院番組は違った。名門旗本のなかで腕の立つ者を集めたとされる書院番である。一度でも属したならば、よほどの失策を犯さないかぎり、名門の格が家自体に与えられたことになる。当然、跡継ぎが小普請組へ入れられるということなどはほとんどない。当主となってすぐに大番組あるいは、書院番組へ出仕を命じられ、そこから階段をあがっていくことになる。

現当主で三弥の父である作右衛門も、家を継ぐなり大番組となり、五年で書院番組へと出世していった。

しかし、六百石ではそれ以上の出世はむつかしい。偉大な父を見て育った作右衛門は、それ以上の功績を挙げ、深室家を千石に引きあげたいと考え、伝手《つて》や縁を頼った。

父のように精勤するわけでなく、贈りものや金での猟官は、執政たちの眉《まゆ》をひそめさせ、危うく深室家は小普請へ落ちかけた。

それを救ったのが、松平主馬であった。家綱のお花畑番を退かせ、家に閉じこめた弟の行き先を探していた主馬は、深室へ押しつけることで、賢治郎の未来を封じることができると考えた。その見返りに主馬は深室家の出世を画策した。松平主馬の願いで堀田備中守が動いたが、その手配はすぐに松平伊豆守の知るところとなった。松平伊豆守は、余計な動きをした作右衛門を将軍親衛の名誉ある書院番から外し、形だけの栄転となる留守居番へと移した。

「お身体の調子はよろしいのか」

賢治郎が問うた。

「殿方があまり女の体調を気にされるのは、体裁のよいものではございませぬ」

真っ赤になりながら、三弥が睨んだ。

深室家の家付き娘である三弥は、賢治郎の許婚であった。いずれ賢治郎は、三弥と婚姻し、深室家の当主となることが決まっていた。だが、三弥が十四歳と幼く、まだ女の徴《しるし》も見ていないことで、婚姻は先延ばしにされていた。しかし、ついに先日、三弥は初潮を迎えている。そろそろ深室の姓をいただきながら、未《いま》だ婿ではないという中途半端な状況を終わらせるときが近づいていた。

「失礼した」

賢治郎も、己が問うたことをよく考え、気まずい顔をした。

「お気をつけくださいますよう」

もう一度注意して、三弥が話を変えた。

「そろそろ夕餉でございまする。本日ご当主さまは宿直番でおられませぬゆえ」

「ご当主さまは、御番でございましたか」

作右衛門の留守を二人で確認した。

武家にとって、当主は絶対であった。それが娘であろうとも、ご当主さまと呼ばねばならず、娘婿にいたっては、いっそうの敬意を払わなければいけなかった。

当主在宅のおり、嫡男は食事を共にする。対して、実の娘であろうが、妻であろうが、女は男と同席しないのが慣例であった。

「お部屋へお戻りを」

ていねいな言葉遣いながら、三弥の口調はきつかった。

武家にとって、血筋を守ることもたいせつな仕事である。いかに女は当主になれぬとはいえ、深室家の血は三弥にあり、賢治郎は他人でしかない。夫といえども、娘婿は妻に遠慮しなければならない立場であった。

「ただちに」

賢治郎は、三弥の命にしたがった。

三

黒鍬者《くろくわもの》は、幕府の小者であった。

その任は、江戸の道の整備、大奥御台所《みだいどころ》の雑用などであり、公式に姓を名乗ることを許されないほど身分は低い。

もとは甲州武田家《こうしゅうたけだ》に仕えた鉱山師《やまし》であり、山城の建設などの普請も得意としていた。

「一同帰らずか」

賢治郎を襲った繁介《しげすけ》から報告を受けた一郎兵衛《いちろべえ》が嘆息した。

「かなり遣うということだな」

「…………」

組頭の問いに、繁介が首肯した。

「桂昌院《けいしょういん》さまの命だが、しばし様子を見るしかないな」

一郎兵衛が独り言のように漏らした。

「八郎太《はちろうた》たちの仇《かたき》を」

繁介が身を乗り出した。

「取らぬ」

はっきりと一郎兵衛が否定した。

「そんな……」

同席していたもう一人の生き残り、伊平《いへい》が絶句した。

「あまりではないか。それでは死んだ者たちが浮かばれぬ」

伊平も言いつのった。

「いたしかたあるまい。我らの悲願に比べれば些細《ささい》なことだ」

「些細……」

冷たい一郎兵衛に、繁介が涙を流した。

「鬼というなら言え。黒鍬千年のため、これから生まれてくる子や孫のため、儂はすべてを使う。それが吾が命でもだ」

「うっ」

「……………」

宣する一郎兵衛に、繁介、伊平が黙った。

黒鍬者は、幕臣でありながら侍ではない。一応譜代として扱われ、世襲できるが、その禄はわずか十二俵一人扶持《ぶち》と少なく、とても食べていけるものではなかった。

「喰《く》いかねるだけならまだいい。将軍家の臣という誇りがあれば生きていける。だが、実際はどうだ。寒中で足袋《たび》を履けず、雨が降っても傘をさせず、毛臑《けずね》を出したまま、地に這いつくばってお成り街道の馬糞を拾う。これが、甲州武田家の常勝を支えた金山を管轄した黒鍬衆の現実ではないか」

「ううむう」

伊平がうなった。

「このまま幕府あるかぎり生きていく。それではあまりに夢がなかろう」

反論が出るはずもなかった。黒鍬者すべてが、感じていたことである。

「そんななか、一筋の光明が……いや筋ではないな。大きな川ほどの光明が生まれた。権兵衛《ごんべえ》の娘伝《でん》に、館林さまのお手がついた」

身分からいくとありえないことであった。館林藩主徳川綱吉は、三代将軍家光の四男で現将軍家綱の実弟である。たとえ側室といえども、目見え以上の身分であることが求められた。ただ、その身分をこえるだけ伝は美貌《びぼう》であった。

「館林さまの伝へのご寵愛は、ひとかたならぬ。お側にあがってから、お召しがないのは、伝に月の障《さわ》りが来たときと、お忌日だけだという」

忌日とは、家康、秀忠《ひでただ》、家光の祥月命日のことである。この日は、将軍も精進潔斎《しょうじんけっさい》をし、大奥への出入りは遠慮する。当然、綱吉も女と添い寝するわけにはいかない。

「毎夜に近いお召し。これが意味することはわかろう」

「……御子《みこ》ができる」

問われた形になった繁介が答えた。

「そうだ。館林さまには、まだ御子がおらぬ。いや、ご正室も、他の側室もな。そんななかで伝が寵愛を受けて孕めば……それはすなわち嫡子さまである」

「ご嫡子さま」

大きな音を立てて、伊平が唾《つば》を飲んだ。

「館林家の跡継ぎが、我ら黒鍬の血を引く」

繁介が一郎兵衛を見た。

うなずいて、一郎兵衛が話を変えた。

「伝は、桂昌院さまによって見いだされ、館林さまのお側へと進められた。これは、我らにとって大きな希望であると同時に、桂昌院さまから恩を受けたことになる。身分の差を桂昌院さまは、埋めてくださった」

どれだけ美貌であろうとも、綱吉の目に止まらなければいないのと同じなのだ。もっとも伝が、旗本の出であれば、正式に側室としての目通りもありえるが、武士階級でさえない黒鍬では無理である。

ただ、一つだけその身分をこえる方法があった。綱吉に見そめられることである。将軍の弟が気に入れば、それを拒むなどできようはずもない。桂昌院は、伝を己の身の廻りの世話をする女中として使い、綱吉の目につくように仕向けた。そして、綱吉は一目で伝の美貌にとらえられた。

「桂昌院さまのお陰で、我ら黒鍬にも希望ができた。となれば、我らは桂昌院さまのお役に立たねばならぬ」

言い含めるように、一郎兵衛が語った。

「うむ。ところで」

「おう」

「そうだ」

二人が同意した。

「そして、桂昌院さまのお望みは……」

一郎兵衛が声を潜《ひそ》めた。

「館林さまを五代将軍さまとなすこと」

聞いた二人の目が光った。

「もし綱吉さまが五代将軍になられたならば……」

さらに一郎兵衛は声を小さくした。

「伝が産んだ和子《わこ》さまが、六代さま……」

繁介が呟くように言った。

「わかったであろう。今、我らが優先せねばならぬことが、仇討ちでないことを。館林さまが五代将軍となれれば、小納戸の一人くらい、跡形もなく消し去れる。それまでは、私情をはさむな」

「承知した」

「申しわけないことであった」

二人が頭を下げた。

「では、新しい任を与える」

するどく一郎兵衛が二人を見つめた。

「それぞれ配下を選び、紀州頼宣《よりのぶ》公をはめよ」

「害し奉《たてまつ》るのか」

命の確認を伊平がした。

「いいや。さすがに紀州公を害するのは難しい」

一郎兵衛が首を振った。

戦国の昔、黒鍬者は深山幽谷を渡り歩き、金山を探すのを任としていた。人跡未踏の場所を走破するのだ。並の体力で務まるはずなどなかった。また、山のなかには狼《おおかみ》や蝮《まむし》、熊などの危険が満ちている。それらへの対処もできなければならないのだ。

黒鍬者は常人をはるかにこえた体術を身につけていた。

といったところで、はるか昔の話である。多少秘伝として、体力を作る技や、武術は伝わってはいるが、実戦の経験など誰一人もっていない。

「では、どうすると」

「登城の道を管轄しているのは、我らだ。そこに仕掛けをする」

問われて一郎兵衛が告げた。

「仕掛け……」

「落とし穴でもいい、火薬を仕掛けてもいい。なんでもいいのだ。紀州公が江戸城へ上がるときに、ことを起こせばいい」

「どういう意味でござるか」

まだ理解できないと、伊平が訊《き》いた。

「話題になればいい。紀州公の登城行列が狙われた。そう評判になるよう何度でも仕掛ける。一度くらいならば、隠しようもある。あるいは、人違いだと強弁することもできる。だが、度重《たびかさ》なれば、狙いは紀州公だと確定する。さすれば、恨みをもって狙われているような人物は、将軍にふさわしくないと評判が立とう」

一郎兵衛が説明した。

「そのようなことでよいので」

あまりに稚拙な話に、繁介が疑問を呈した。

「構わぬのだ。評判というのは、馬鹿にできぬ。雲の上の、とくに将軍を目指しておられるようなお方には、致命傷となることもある。なにせ、天下の主《あるじ》に求められるのは、仁と徳だからな」

「そういうものか」

二人は顔を見合わせたが、命である。

「ふふ。もう一つこの手には効能がある。騒ぎを起こすことで、他人の目を紀州家に集めるという意味がな」

一郎兵衛が笑った。

「わかり申した」

一礼して、一郎兵衛のもとから二人が下がった。

御三家は幕府のなかでも格別扱いを受けていた。家康の次男である松平秀康《ひでやす》の越前《えちぜん》家が、制外の家として、御三家をこえる扱いを受けたこともあったが、それも一代で終わり、今では、御三家の次席という立場に落ち着いている。

家康直系で徳川の名跡《みょうせき》を許された御三家は、将軍でさえ気遣いしなければならない相手であった。

「ご尊顔を拝し奉り、大納言《だいなごん》感激の至りでございまする」

御座の間下段の最上席、上段の間との敷居際で紀州徳川頼宣が平伏した。

「大叔父《おおおじ》殿も健勝の様子、なによりと存じる」

家綱もていねいな挨拶を返した。

御三家は、登城したとき将軍家へ目通りをするしきたりとなっていた。といったところで、将軍健在の祝いを口にするだけで、退出するのが慣例であった。

「では、下がって……」

いつものように家綱が目通りを打ち切ろうとした。

「昨今、江戸の町も物騒になりましたようでございますな」

家綱の言葉を遮《さえぎ》るように、頼宣が声を大きくした。

「な、紀州公、無礼でござろう」

同席していた小姓組頭が、咎めた。

「なにか」

頼宣が小姓組頭を睨みつけた。

「上様の無聊《ぶりょう》を慰めさせていただこうとしただけだが」

戦国を経験した頼宣の威圧にも耐えて、小姓組頭が反した。

「上様のお言葉を遮るなど、論外でございましょう」

「ほう」

眼を細めて頼宣が驚いたという顔をした。

「いや、歳《とし》は取りたくないものでございますな。上様のお声を聞き逃すなど、この大納言、一代の不覚でございました。お詫《わ》び申しあげまする」

頼宣が詫びた。

「いや、気にされるな」

一族の最長老である頼宣へ、家綱は許すと手を振った。

「なんとご寛大な。大納言、上様のお心に感謝いたしまする」

大仰《おおぎょう》に頼宣が感動して見せた。

「ところで、城下が不穏《ふおん》とか言われたようだが」

将軍として聞き捨てならないと家綱が、先を促した。

「お話しさせていただいてよろしいのでございますかな」

わざと頼宣が、小姓組頭へ顔をやった。

「……………」

小姓組頭の身分で、許可などだせるわけなかった。うかつな返事をすれば、分をこえたとして処罰されかねない。小姓組頭は沈黙した。

「大叔父どの」

家綱が助け船を出した。

「はい」

にこやかに笑った頼宣が、正面へと向き直った。

「城下に不穏というのはどういうことでござろう。ご不審があれば、町奉行なりを呼んで問いただささなければならぬ」

表情を引き締めて家綱が質問した。戯《たわむ》れは許さないという気迫が声にも乗っていた。

「先日、浪人どもに、我が行列が襲われましての」

「なんと」

「えっっ」

淡々と言う頼宣に、家綱と小姓組頭が驚愕《きょうがく》した。

行列を襲われる。確実に大目付が動く事案であった。大名の行列は、行軍として扱われる。だからこそ、供先《ともさき》を突っ切った者を問答無用で斬り伏せることが許されている。とくに紀州家ともなると、いかに江戸のなかでの移動とはいえ、行列の人数も多く、槍《やり》もある。物取り強盗の類《たぐい》では、相手になるはずもなく、まずまちがいなく襲いはしない。となると、浪人者たちは紀州家の行列と知って、襲撃したと考えるしかなくなる。

そして、紀州家には浪人者に襲われるだけの理由がある。

慶安《けいあん》の変だ。かつて三代将軍家光の死後、幕政の混乱を見極めて、軍学者由井正雪《ゆいしょうせつ》が浪人を糾合《きゅうごう》して起こした謀叛に、紀州徳川頼宣はかかわっていたとの疑いをもたれた。なんとか申し開きはしたが、頼宣は国元への帰国を十年にわたって禁じられ、江戸で謹慎させられたという経緯《いきさつ》がある。

いわば、頼宣はようやく解けた謹慎の罪へ、ふたたび手を伸ばしたに近い言動を取ったのであった。

「さいわい撃退を致しましたし、家中《かちゅう》の者に傷一つございませんでしたが……」

驚く家綱と小姓組頭を放置して、頼宣が続けた。

「これは江戸の町の治安を預かる町奉行所の怠慢ではございませぬか」

頼宣が述べた。

「ま、待たれよ」

家綱が頼宣を制した。

「襲われたことを届けられたのか」

「いえ。あまりに些末《さまつ》なことでございましたのでな。蚊に刺されたからといって、一々届ける馬鹿はおりますまい」

頼宣があっさりと否定した。

「では、なぜ今になって」

「城下の現状を正確に、上様へお知らせしておらぬのではないかと懸念《けねん》いたしましたので」

確認する家綱へ、頼宣が答えた。

「家康さまから先代さままで、将軍は親政をおこない、城下のことはもちろん、津々浦々の事情までご存じでありました。しかし、今の執政どもは、上様をないがしろに致しておるようにしか見えませぬ」

「言葉がすぎよう」

幕政批判、いや、将軍の能力を疑うような頼宣を家綱がたしなめた。

「ご無礼をいたしました」

あっさりと頼宣が頭を下げた。

「上様はご存じでございましたか」

「……………」

詫びを口にしたが、話を変えるつもりのない頼宣に家綱は黙った。

「ご存じのはずでございますな」

頼宣が断言した。

「なにせ、深室をわたくしめのもとへお寄越しになられたのでございますからの」

ほんの少し、頼宣が口の端を緩めた。

「賢治郎か」

すでに家綱は賢治郎から話を聞いていた。

「深室が……」

小姓組頭が目を剝《む》いた。

「上様の懐刀《ふところがたな》ではないか。それくらいできずとしてどうする」

冷たく頼宣が言った。

「懐刀……小納戸風情《ふぜい》が」

おもわず小姓組頭が漏らした。

「馬鹿もの」

頼宣があきれた。

「懐刀と申した余を上様は否定されなかった。この意味に気づかぬとは……そなたこそ、上様のお側にふさわしくないわ」

「あっ……」

言われた小姓組頭が、あわてて家綱の顔色をうかがった。

家綱の顔にはなんの感情も浮かんではいなかった。

「申しわけございませぬ」

権力者の顔から感情が消える。この意味を理解していないようでは、役人として世渡りなどできるはずもなかった。

「大叔父どの、浪人どもにお心当たりは」

小姓組頭に何一つ言葉をかけず、家綱は頼宣へと問うた。

「覚えがあれば、ただではおきませぬ。といったところで、襲い来た者は殲滅《せんめつ》いたしましたゆえ、仲間の居場所を訊けませぬがの」

頼宣が笑った。

「さようか」

家綱はそれ以上追及しなかった。

「ほう……」

小さく頼宣が感嘆の声をあげた。

「お報《しら》せごくろうでござった。浪人のこととあれば、町奉行の管轄。のちほど市中の安寧《あんねい》をしっかり見守るようにと命じておきますほどに、大叔父どのには、ご心配なさらず」

話は終わりだと、家綱が締めくくった。

「はっ。では、ご免を」

将軍から下がれと言われたのだ。いかに御三家の長老といえども、さからうことはできなかった。

頼宣は一度平伏してから、御座の間から去っていった。

「なにをしたかったのか」

見送った家綱は、頼宣の意図をはかりかねていた。

四

江戸城を下がった頼宣は、赤坂御門《あかさかごもん》外の上《かみ》屋敷で寛《くつろ》いでいた。

「殿」

「長門守《ながとのかみ》か」

呼びかけたのは、家老三浦《みうら》長門守であった。

「光貞はどうしている」

「中《なか》屋敷でお静かになされておられまする」

三浦長門守が答えた。

「根来者を失って、怖《お》じ気《け》づいたか。あいかわらず肚《はら》の据わらぬ」

頼宣が不快そうに言った。

「余が天下を取るために動くのも、光貞が余を排し、紀州藩主になりたいと考えるのも、どちらも同じ。ともに戦《いくさ》なのだ。戦は勝たなければ意味がない。負け戦はなにも残さぬ。勝ってこそ、死した者たちが無駄でなくなる。人死に出さぬ戦などない。身近に仕えてくれた者を失うこともある。それをどう意義のあるものに変えるか。主君の務めである。あいつには、その肚がまだない」

「……………」

さすがに同意するわけにはいかないのか、三浦長門守が黙った。

「根来はどうしておる」

「今のところ、動いてはおりませぬが……」

「抑えきれると思うか」

頼宣が問うた。

「難しゅうございましょう」

三浦長門守が首を振った。

「ご嫡子さまに与《くみ》したことを、納得しておらぬ者も多ございますれば」

根来組は、本来藩主直属である。しかし、その頭領である導師は、頼宣の先を見限って、嫡男の光貞の配下となっていた。

「そこに犠牲か。たまるまいの。導師は」

痛快だと頼宣が嘲笑《ちょうしょう》を浮かべた。

光貞の命で、根来者は賢治郎を殺しにかかり、返り討ちにあっていた。

「いかがいたしましょうか。根来組を割りますか」

「新しい忍《しのび》組の創設はどうだ」

頼宣は、新たな探索方の用意を三浦長門守へ命じていた。

「申しわけなき仕儀ながら、遣える忍の手配がなかなかできませず」

三浦長門守が頭《こうべ》を垂れた。

「伊賀《いが》と甲賀《こうが》はどうだ」

「ともに幕府との繋《つな》がりが強く、引き抜きはすぐにも知られましょう」

伊賀と甲賀はともに家康によって幕府のなかへ組みこまれていた。

「はぐれ者がおろう」

どれほど強い結束を持っていても、一人や二人体制に馴染《なじ》まぬ者は出る。頼宣は、伊賀と甲賀からはじき出された忍を呼べばよいと言った。

「見つけ出すことがなかなかに」

肩を落とすようにして三浦長門守が述べた。

「それもそうだの。はぐれ忍がおるなどと、伊賀も甲賀も矜持《きょうじ》にかけて口にはできぬであろうし、はぐれ忍も首からそう記《しる》した札を下げているわけでもない」

冗談まで口にして、頼宣が納得した。

「いたしかたあるまい。一度裏切った者を信用するのはどうかと思わぬでもないが、他に手立てがないならばいたしかたなし」

頼宣が決断した。

「長門守、根来を割れ」

「承知いたしました」

三浦長門守が引き受けた。

甲府二十五万石の藩主徳川綱重の実母、順性院《じゅんしょういん》はいらだちを隠そうともしなかった。

「なんの成果もないとはどういうことぞ」

順性院は日の前で平伏している用人山本兵庫《やまもとひょうご》へ当たり散らした。

「申しわけもございませぬ」

山本兵庫が額を床に押しつけた。

「小納戸は相変わらず生きておるし、館林も健在ではないか。そのうえ紀州まで出てきた。これでは、いつになったら綱重さまが、天下の主になられるのやらわからぬであろう」

大きく肩で息をしながら、順性院が述べた。

「今しばし、今しばしのご猶予《ゆうよ》を」

平伏したまま山本兵庫が願った。

「なにかよい手でもあるというのか」

「こうなれば、上様を害し奉るしかございますまい」

山本兵庫が顔をあげた。

「綱吉よりも先に上様を死なせてしまえば、あやつに将軍職が行くやも知れぬではないか。まずは、綱吉を排してから上様でなければ意味がない」

聞いた順性院が否定した。

「いいえ。大事ございますまい。上様亡き後は、綱重さまが継がれるのは、当然でございまする。これこそ、長幼の順」

「そのようなもので、綱吉が、いや、桂昌院が退くとでも思うのかえ」

順性院が甘いと断じた。

「桂昌院さまはお引きになりますまい。しかし、次の上様を決めるのは、幕閣でございまする。三代将軍を家光さまへと仰せられた神君家康さまの故事を無視することなどできますまい」

故事とは、二代将軍秀忠が、大人しい嫡男家光ではなく、快活な三男忠長《ただなが》へ三代将軍の座を譲ろうとしたのを、家康が止めた話のことだ。

このとき家康は、将軍となる順は、長幼に従うべしと明確な意思表示をした。幕府にとって神にも等しい家康が前例となったのだ。まさに大義名分であった。

「念のため、何人かのご老中さまに根回しをいたさねばなりませぬが」

「金ですむならばいくら遣ってもよい。将軍となられれば、天下の富も綱重さまのものとなるのだ。五千両や一万両など、いかほどのことでもないわ」

順性院がうそぶいた。

「ところで、どうやって上様を排除するというのだ。上様は城からまず出ぬぞ」

「一つ手立てを考えておりまする」

「あるのか」

ぐっと順性院が身を乗り出した。

「はい」

山本兵庫が胸を張った。

「どうするというのじゃ。焦《じ》らさず教えてたもれ」

順性院が甘えた。

「もちろんでございまする」

頬を山本兵庫が緩めた。

「小納戸か小姓を一人こちらに引きこみまする。小納戸か小姓ならば、上様のお側へ簡単に近づけまする」

「それはそうじゃが、御座の間で上様を害せば、その者も逃れられまい」

山本兵庫の意見に、順性院が大きな問題を提示した。将軍を襲った者を御座の間に詰めている者たちが見逃すはずもない。逃せば、己の腹を切るだけではすまなくなるのだ。それこそ、一族郎党まで罰を与えられることになる。なにがあっても手を下した者を捕まえるか、討つかしなければならない。

「たとえ逃げ切れても、家は潰《つぶ》されるぞ。それだけのことを負ってまで、我らに与する者などおるか」

「おりますまい」

はっきりと山本兵庫が告げた。

「それでは無理ではないか」

近づいていた順性院が、身を引いた。

「方法はございまする。逆らえぬようにしてしまえばよろしいのでございまする」

「逆らえぬようにだと」

「はい。人質を取るなどして、いうことを聞かぬと家族の命がないと」

「人質を取るか」

順性院が思案した。

「できたとしても、こちらのことが知られてはまずいぞ」

懸念を順性院が述べた。

「あいだに人を挟みまする。何人も。さすれば、大事ございませぬ。いえ、逆に利用することもできましょう」

自信をもって山本兵庫が述べた。

「利用する……」

「桂昌院さまの名前を騙《かた》って、人を雇いましょう。そうなれば、尻尾《しっぽ》をつかまれてくれるほうが、よい結果を生みましょう」

綱吉の母桂昌院も、吾が子を将軍とすべく暗躍している。家綱殺害の黒幕として、疑いをもたれるに違いなかった。

「妙手ではないか」

大きく順性院が興奮した。

「やる価値はございましょう」

「早速手配をいたせ」

順性院が命じた。

「お任せを」

山本兵庫が首肯した。

第二章　老臣の願《ねがい》

一

　藩主世子である光貞は、赤坂御門を出たところにある紀州家中屋敷で起居していた。赤坂御門側《そば》の上屋敷とは指呼《しこ》の距離にあり、紀州家で行事があるときでも上屋敷へ泊まりこまなくてもすんだ。

　中屋敷は、藩主の休養、藩主一門の生活の場として使われる。公邸としての機能を求められる上屋敷と違って、規模も小さく、詰める家臣の数も少ない。だけに、小者、中間の類《たぐい》まで顔を知っている。

　光貞は、中屋敷に気に入りの家臣ばかりを集めていた。

「もう一度……」

根来組を支配する導師が光貞に、賢治郎への再挑戦を願い出ていた。

「ならぬ」

拒んだのは、同席していた紀州家付け家老安藤帯刀《あんどうたてわき》であった。

「なぜでございましょう」

導師が拒否の理由を問うた。

「さらなる無駄死にを出すわけにはいかぬ」

安藤帯刀が厳しい声で言った。

「今度は失敗いたしませぬ」

「それは信用している」

心外だとの顔をした導師へ、安藤帯刀が首肯《しゅこう》した。

「ではなぜ……」

「これ以上、根来組が欠けては困るのだ」

光貞がようやく口を開いた。

「まさか無傷で、小納戸を始末できるとは思ってはおるまい」

かった。

一瞬の間を置いて、導師が同意した。根来組でも手練《てだ》れで聞こえた者を出して、一人しか生き残らなかったのだ。今度は全員無事ですむと考えるほど、甘い結果ではなかった。

「……はい」

「腕の立つ根来者は貴重だ」

「かたじけのうございまする」

実力を認める世子の言葉に、導師が礼を述べた。

「小納戸ごときで、人を失って、本来の目的が果たせなければ、意味がない。まさに本末転倒である」

ふたたび安藤帯刀が口を開いた。

「本来の目的……では」

導師が光貞を見上げた。

「うむ。父を、いや、紀州家を滅ぼす害悪を除《の》ける」

光貞が宣した。

「聞けば、父は先日の襲撃の話を上様にしたという。なんとか大事にならずにすんだというに、わざわざ紀州家に注目を集める。浪人者と父との間には、誰もが知る因縁《いんねん》があるのにだ。慶安の変の残党による復讐《ふくしゅう》と、幕府に見なされては、おおごとぞ。前回無事だったからといって、今回もそうなるとはかぎらぬ。幕府がやはり紀州家はよろしくないと思う前に、父を表舞台から下げて、ことをうやむやにせねばならぬ」

一気にしゃべった光貞が、言葉を一度止めた。

「手立ては任せる」

光貞が重い声を出した。

「みごと成したるそのときは、根来に根本道場の新設を許す。あと、根来組頭領は番頭格とし、千石与えてやる」

「ありがとうございまする。ご命《めい》、承《うけたまわ》りましてございまする」

導師が腰を深く曲げた。

根来者の身分は低い。足軽《あしがる》と並ぶ同心でしかなかった。当然、与えられる屋敷などなく、下《しも》屋敷の塀際に立てられた四間《けん》ほどの長屋が、住まいであった。

その日の夕方、根来者組長屋に低い鐘の音が響いた。

「なにごとかの」

「惣触《そうぶ》れとは珍しい」

ぞろぞろと根来組士たちが、長屋の端に設けられている集会場へ集合した。

「そろったか」

頃合いを見ていたかのように、導師が半刻《はんとき》ほどしてから現れた。

「上屋敷、中屋敷の警衛に出ている当番を除けば全員集まっておる」

歳嵩《としかさ》の根来者が代表して答えた。

「当番の者の代わりを出させよ」

「そこまでせねばならぬことか」

導師の要求に、歳嵩の根来者が驚いた。

「あとで聞いておらぬと言われては困るのだ」

「わかった。隠居がおるならば隠居を、跡継ぎがおるならば跡継ぎを。おらぬ家は嫁でよいな」

「うむ」

確認する歳嵩の根来者に、導師はうなずいた。

待つほどもなく、さらに八人ほどの男女が集会場へと入ってきた。

「集まったようじゃの」

瞑目《めいもく》していた導師が、顔をあげた。

「組内全部を呼び出すとは、よほどのことであろうな」

やはりそろうまで沈黙していた歳嵩の根来者が、咎《とが》めるような口調で問うた。

「うむ」

肯定して、導師が一同を見回した。

「本日若殿さまより、根来組へ命が下った」

「若殿さまより……」

聞いた一同が緊張した。

すでに組には、根来組は当主頼宣ではなく、世子光貞につくと触れられている。一部に反発はあったが、もともと根来寺の修験者《しゅげんじゃ》に端を発する根来者である、導師と呼ばれる組頭の言うことは絶対とされてきた。このお陰で根来者は、織田信長《おだのぶなが》の攻撃をしのぎ、戦国を生き抜いてきた。一枚岩こそ、根来の強み。ただ、それは異論を表に出さなくなっただけでもあったが、上意下達《じょういかたつ》を守り続けていた。

「殿をお隠しする」

「な、なに」

「馬鹿な……」

導師の言葉に、一同が驚愕《きょうがく》した。

隠すとは殺すの隠語であった。これは、神である天皇に死はなく、姿を隠すだけとするところから来た表現であった。

「謀叛《むほん》を起こすというか」

歳嵩の根来者が導師へ詰め寄った。

「若殿の命である。謀叛ではない」

導師が述べた。

「詭弁《きべん》だ」

根来者から非難の声が上がった。

徳川幕府の基本は忠義である。忠義と対極にある謀叛を、幕府は大罪として、容赦しなかった。事実、慶安の変で、幕府は首謀者の由井正雪、丸橋忠弥《まるばしちゅうや》の兄、妻、子、母など十五人を磔《はりつけ》に処している。女子供にまで罪は及ぶ。根来者たちが二の足を踏むのも無理はなかった。

「根来者を根絶やしにすることになる」

大きく首を振りながら、歳嵩の根来者が導師を睨《にら》みつけた。

「根絶やしなどになりはせぬ。若殿がお守りくださる」

押さえつけるような口調で、導師が言った。

「考えてみよ。殿が亡くなれば、紀州の藩主は若殿である。我らに命をくだされたのは若殿じゃ。いわば、我らが若殿を藩主へとあげたも同然。決して粗略にあつかわれることなどない」

導師が断言した。

「しかし……」

一同は不安を消せなかった。

それほど謀叛というのは重かった。

「武田信玄《しんげん》の故事を思い出せ。武田信玄は国を危うくした父信虎《のぶとら》を駿河《するが》へ放逐《ほうちく》し、国を守った。あれを謀叛として非難した者はいるか」

「……」

ざわめいていた一同が、導師の例え話に鎮まった。

「今の紀州も同じだ。本日若殿よりお話をいただいたが、殿は先日の浪人者たちによる行列襲撃の一件を上様へ告げられたらしい」

「なっ」

「えっ」

根来者たちが驚いた。

「幕府の目を自ら呼ぶとは、なにをお考えなのか。紀州には前科があるというに」

歳嵩の根来者が嘆息した。

「殿は、藩をもてあそばれている。藩のことなど考えておられぬ。殿の頭のなかには、天下を手にすることしかない。いや、そのためならば、藩を潰《つぶ》しても構わぬとお考えなのだ」

「…………」

ようやく聞く耳を持った一同を前に、導師が続けた。

「藩が潰れれば、臣は皆浪人となる。もちろん、運良く他家へ仕官できる者もいよう。だが、このご時世じゃ。ほとんどは仕官もできず、明日の米を心配しながら市井《しせい》へ埋もれていかなければならなくなる。収入を失い、売るものを売り尽くした先にあるのは、妻か娘を苦界《くがい》へ沈めるか、斬り取り強盗となるか、武士としての矜持《きょうじ》を捨て、日銭を稼ぐことにあくせくするか。どちらにせよ、乱世で織田信長に一泡吹かせ、天下に響いた根来衆の名前は消える。それでよいのか。たしかに、贅沢《ぜいたく》などしようもないほどの禄《ろく》でしかないが、藩さえあればそれを子々孫々まで受け継いでいける」

そこまで言って、導師が一同を見た。

「儂《わし》は、ここにいる皆に、そんな辛《つら》い思いをさせたくないのだ」

「…………」

根来者たちが傾聴していた。

「我ら根来者に失敗はない。だが、万一、殿に知られ、謀叛となったときは、儂が責任を取って切腹する」

「おおっ」

「導師……」

命を捨てると宣した導師に、一部の根来者から感極まった声があがった。

「よいな」

念を押した導師へ反対はでなかった。

「では、策を告げる」

導師が声をひそめた。

「毒を飼う」

「……毒をか。襲うのではなく」

意外だと歳嵩の根来者が目を見開いた。

「襲撃すれば、どうしても騒動が知れる。いかに若殿さまという庇護《ひご》があっても、なにかとうるさくなろう。その点、毒ならば誰が手を下したかわかるまい。なにせ、殿さまをこの世から去らせたいと思っている者は多いからな」

小さく導師が笑った。

「幕府に罪を押しつけるか」

すぐに歳嵩の根来者がさとった。

徳川本家にとって、御三家をはじめとする一門は頼りになる親族である。だが、頼宣は将軍の座を狙う獅子身中《しししんちゅう》の虫なのだ。紀州家を潰さず、頼宣だけを排除する。幕府がそのための手立てを取ったところで、誰も不思議には思わない。

「ああ。たとえ、失敗しても我らだとは殿も断定できまい」

「毒はどうする。とりかぶとの根を使うか。それとも斑猫《はんみょう》か」

どちらも毒殺に好んで使われるものであり、簡単に手に入る。歳嵩の根来者が訊いた。

「とりかぶとがよかろう」

導師が名を告げた。

とりかぶとは美しい紫の花を咲かせる植物である。だが、その根には心の臓を一撃で止めるほどの猛毒が秘められていた。

「とりかぶとは……甲州の山でよく取れるからな」

口の端を、導師が大きくゆがめた。

「甲府公に被《かぶ》せるか」

「幕府と甲府、どちらも殿がじゃまだからな」

歳嵩の根来者の言葉に、導師が加えた。頼宣と甲府徳川綱重は、次の将軍を狙う者同士であり、敵対している。どちらがどちらを襲っても不思議はなかった。

「二重の隠《かく》れ蓑《みの》よ」

「さすがは、導師どのだ」

根来者が感心した。

「手配をいたせ」

導師が集まりの終わりを宣した。

家綱はもともと肉欲の濃いほうではない。十日やそこら、女を抱かずともまったく困ることなどなかった。しかし、それでは跡継ぎができない。阿部豊後守をはじめとする執政たちは、なんとかして家綱を大奥へやらねばならぬと苦労を重ねていた。

「難しいの」

阿部豊後守は御用部屋で一人呟《つぶや》いた。

老中たちの執務部屋である御用部屋は、それぞれの老中同士の間を屏風《びょうぶ》で仕切り、隣でなにをしているか、わからないようにしていた。

先代家光以来の遺臣である阿部豊後守は、その功績から御用部屋でも、他の執政たちとは離れたところに広めの席を与えられていた。

これは、一見優遇されているように見せながら、他の老中たちとの距離を作っていた。老中たちがなんの案件を処理しているか、阿部豊後守からはわからない。これは、すなわち敬して遠ざけるであった。

他の老中たちがまだ家督を継ぐ前から、阿部豊後守は執政だったのだ。一時、まだ四代将軍となる前の家綱に付けられたため、本丸老中から西の丸老中へと異動したりもあったが、幕政の要《かなめ》であったことはまちがいない。

四代将軍家綱によって選ばれた自負のある老中たちにとって、三代将軍家光の御世《みよ》から政《まつりごと》をおこなってきた阿部豊後守は、頭の上の重石《おもし》であった。

なにか新しいことをしようとしたら、かならず阿部豊後守が口を出してくるのだ。

為政者の交代は、執政衆の新規登用につながる。そして新規登用された大名たちは、幕府の最高権力者になったという喜びと責任から、政を大きく変換させようとする。

これは新しく将軍となった家綱の意向にも沿う。家綱も偉大な父家光をこえたいと願っているからだ。将軍と老中、幕府、いや天下を動かしている二職が、旧来のやり方を変えたいと願えば、それは決定になる。

しかし、それは従来のやり方で、うまく回ってきた役目や法令にまで影響を及ぼすことになる。今までのやり方を一新されれば、どうしても慣れるまでの間、齟齬《そご》が起こったり、取り扱いに手間がかかったりする。利より損が多いのだ。

それを阿部豊後守は避けようと、新しい執政たちを叱責《しっせき》し、若き将軍をたしなめた。

「なるほど。すべてを変えることが正しいとはかぎらぬ」

こう執政たちが気づけばいい。だが、執政に選ばれたという矜持は、そう簡単に納得しない。

「考えかたが古い」

「いつまでも執政筆頭のつもりでおられては困る」

「我らを若いと侮《あなど》っておられるのか」

先人の忠告は、かえって若い者の反発を買うことになりやすい。

結局、新しい老中たちは、阿部豊後守をできるだけ政から遠ざけようとする。こうして阿部豊後守は、御用部屋の最奥で隔離され、処理する案件も与えられず、一人暇をもてあますことになっていた。

することがなくなった阿部豊後守は、家綱の将来だけを考えることとなった。

「なんとしてもお世継ぎをお作りいただかねばならぬ」

阿部豊後守が独りごちた。

先日死んだ松平伊豆守もそれだけが心残りだと言っていた。

「このままでは安心して身を引けぬ」

家光の寵臣《ちょうしん》として最後の生き残りである阿部豊後守も同じである。

「なによりお世継ぎさまさえできれば、すべての懸案が払拭《ふっしょく》される。五代将軍は吾《われ》ぞと蠢《うごめ》いている馬鹿どもも大人しくするしかなくなる。和子《わこ》さまがお生まれになられたら、館林と甲府を御三家の格下としてもよいな。そして御三家には、長幼の順で格をつけてやればいい」

阿部豊後守が思案した。

家光の子供で現将軍の兄弟である綱重と綱吉だが、家康の作った御三家と同列にはならなかった。なにせ、御三家には、本家に跡継ぎなきとき人を出せとの神君家康から与えられた役目がある。今までは、すべての将軍に世継ぎがいた。だからこそ、御三家に出番はなかった。そして、今は家綱の跡継ぎとして綱重、綱吉の弟たちがいる。ゆえに館林と甲府が御三家の上席として扱われている。

ここで家綱に世継ぎができれば、綱重、綱吉の継承順位はさがる。いや、綱重、綱吉に継承の権はなくなる。継承権を失った一門は、代々将軍家へ人を出す役目を受け継いでいる御三家よりも遠慮しなければならなくなる。

「そして紀州は、御三家でいえば、尾張《おわり》の弟でしかない。将来、御三家から将軍家へ人を帰すときがあったとしても、最初に選ばれるのは尾張であり、紀州ではない。これを明文とすれば、頼宣への牽制《けんせい》ともなる」

そこまで手立てを考えた阿部豊後守が、ふと嘆息した。

「だが、これもすべて上様にお世継ぎさまができて初めてできることだ。上様にお子さまがない限り、館林と甲府はいつまでも世継ぎである」

阿部豊後守が肩を落とした。

「妙策とはいえ、大前提がなければ、成りたたぬ。絵に描《か》いた餅《もち》以下じゃ」

小さく首を振った阿部豊後守が立ちあがった。

「どちらへ」

御用部屋の片隅で控え、老中たちの雑用を受ける御用部屋坊主が、目敏《めざと》く阿部豊後守の動きに気づいた。

「上様へお目通りを願ってくる」

「では、先触れを……阿部豊後守さま、御座の間へお出《い》でになられまする」

老中の移動には前もって報《しら》せるとの慣例があった。御用部屋坊主が、すばやく襖《ふすま》を開けながら、外で控えている同僚へ告げた。

「はっ」

外にいた御用部屋坊主が、小走りに御座の間へと向かった。

御用部屋坊主に代表されるお城坊主は、いつ何時《なんどき》でも走った。本来、殿中《でんちゅう》で走ることは禁じられている。が、医者とお城坊主だけは別であった。

少しでも早く患家のもとへいかなければならない医者は当然である。対してお城坊主の用はそこまで緊急ではないのがほとんどだ。老中の命を受けていたとしても同じである。そのお城坊主がいつも殿中を小走りに進むのは、緊急と普段の区別をわからなくするためであった。

普段のんびりと歩いているお城坊主が走れば、それだけでなにか起こったなと知れてしまう。天下の一大事は、起こったことさえ秘さなければならないものばかりである。それがお城坊主の挙動で漏れては意味がない。

こうしてお城坊主は、幕初から城のなかを走り回っていた。

老中は、かつて加判《かはん》、宿老《しゅくろう》と呼ばれた。加判とは、主君の出す手紙や、書付《かきつけ》に署名を入れることである。こうすることで、この書付に書かれている内容は、家中一同も納得しているとして、信用された。

主君の意思の保証をする。これは、いざというとき主君を抑えるだけの力を持っているとの証明でもあった。幕府ができ、徳川家が将軍となったため、加判の意味は変わり、その力もかつてほどでもなくなったが、それでも重要な役割であるには違いなく、老中から面会を求められたならば、よほどの理由でもないかぎり、将軍といえども拒めなかった。

阿部豊後守は、すんなり家綱への目通りを許された。

「どうした、豊後」

家綱が訊いた。

ほとんど生まれたときから側に居て、傅育《ふいく》してくれた阿部豊後守は家綱にとって父親のようなものであった。なにかとうるさいことを言うため、多少煙《けむ》たく思ってはいても、他の老中たちとは一線を画するたいせつな相手であった。

「上様におかれましては、ご機嫌うるわしく……」

「よい。型どおりのあいさつなどせずともな」

決まりきった口上を述べ始めた阿部豊後守を、家綱が制した。

「おそれいりまする」

一礼して、阿部豊後守が背筋を伸ばした。

「昨日も大奥へはお出でなかったとか」

「……うむ」

家綱が嫌な顔をした。

「なにかお気に召さぬことでもございまするか」

「御台《みだい》にも、側室たちも問題ない」

女たちになにか気に入らぬ点でもあるのかと問うた阿部豊後守へ、家綱は首を振った。

「では、なぜ」

「気が乗らなかっただけじゃ」

家綱が述べた。

「うかがいますれば、忌日を入れてもう二十日以上も大奥へお渡りがないとか」

咎めるように阿部豊後守が言った。

「体調がな、優れなんだゆえ」

「なるほど。ご体調が。ならばいたしかたございませぬが……」

「………」

納得したように話した阿部豊後守へほっとした顔を見せた家綱が、止まった言葉に沈黙した。

「となりますると、上様のご体調を毎朝診《み》ておきながら、気づかなかった医師どもは役立たずでございますな。役立たずを上様のお側に置くわけにはいきませぬので、ただちに役を免じ、それ相応の罰を……」

「ま、待て」

家綱が焦《あせ》った。

「体調ではない。大奥へ行くのが面倒だったのだ」

あっさりと家綱が降伏した。

「さようでございましたか。あやうく医師どもの首を切るところでございました」

首を切るとはお役ご免の意味ではなかった。文字どおり、首を切り落とすのである。

将軍の体調を管理する医師には、それだけの責が負わされている。冷たい声で言外にそう伝える阿部豊後守に、家綱が蒼白《そうはく》となった。

「……………」

「上様、大奥が面倒とはどういう意味でございましょう。しきたりでございまするか、それとも女でございましょうか」

淡々と阿部豊後守が尋ねた。

「それを訊いてどうするのだ」

「取り除くだけでございまする」

あっさりと阿部豊後守が告げた。

「……取り除く」

「はい。大奥のしきたりをわたくしめはよく存じませぬが、もし、上様のお気を削《そ》ぐようなものであればあらためなければなりませぬ。それが女であったならば、上様のお側にふさわしくございませぬので、放逐いたしまする。大奥は上様の私《わたくし》。上様が政務に疲れられた心身を癒《いや》されるところでなければなりませぬゆえ」

阿部豊後守が述べた。

「なにも不満はない」

急いで家綱が否定した。

じっと阿部豊後守が家綱を見つめた。

「……………」

「女はお嫌いでございまするか」

阿部豊後守が懸念を口にした。

かつて三代将軍家光が、男色家であったため、女にまったく興味をしめさず、困り果てた過去を阿部豊後守は知っていた。

春日局《かすがのつぼね》や土井大炊頭利勝《どいおおいのかみとしかつ》らが、どうやって家光に女への興味をもたせるか、苦労していたのだ。

女を思わせるような外見は避けるべきだと、化粧はさせず、長い髪を剃《そ》り、墨の衣《ころも》を身につけさせるなどして、家光の拒否を避けることで、なんとか閨《ねや》へ送りこんだ。あとは、男と女である。どこをどうすればいいかを知らない家光を、女が導いた。ここで、なにか手違いでもあれば、家光は生涯女を近づけなかったろう。だが、無事にまぐわいを終えた家光は、男とまた違った女の味に目覚め、そのあとは大奥へかよった。お陰で、家綱ら子ができ、徳川宗家は血脈を続けられた。

同じ心配を家綱に対してしなくてはならないなど、家光の男色相手だった阿部豊後守にしては皮肉なことであった。

「嫌いではないが、好きでもない」

家綱がまじめに答えた。

「お気に召す者がおりませぬか」

女が嫌いでなければ、残るは好みの容姿の者がいないと考えるべきであった。阿部豊後守が問うた。

「御台は気に入っておる」

「……御台さまでございますか」

阿部豊後守がほんの少し表情を曇らせた。

御台所浅宮顕子《あさのみやあきこ》は、伏見宮貞清《ふしみのみやさだきよ》親王の娘である。まだ将軍となる前の家綱と婚姻をなし、なかなか仲がよかった。しかし、顕子は蒲柳《ほりゅう》の質《しつ》で、夫婦となって六年目を迎えたが、いまだ懐妊の兆《きざ》しさえ見えなかった。

「三年子なきは去るなどと言うなよ」

「申しませぬ」

釘《くぎ》を刺された阿部豊後守が首を振った。

幕府は世継ぎなきは断絶という法度《はっと》を作り、厳密に運用してきた。それがたとえ徳川の一門であろうとも、神君家康の息子であろうとも、例外を認めていない。家康の四男忠吉《ただよし》など、関ヶ原の合戦の傷がもとで死去したにもかかわらず、跡継ぎがいなかったため領地を召しあげられている。

代々禄を受け継ぐことで、生計を立てている武士にとって、跡継ぎの有無《うむ》は重大であった。そこで、婚姻して三年をこえても、子供を産めない女は実家へ返すという風習が、武家にはあった。

「御台さまは側室どもとは別格でございまする。上様とお別れなさるのは、お隠れになられたときだけ」

阿部豊後守が断言した。

将軍と御台所の婚姻は、公《おおやけ》の行事であった。家と家との結びつきのためのものであり、家綱と顕子の場合は、武家と朝廷との融和を目的としていた。ここに家綱や顕子の好き嫌いが入る余地などはなかった。

「上様はどのような容姿の女をお好み遊ばされまするか」

率直に阿部豊後守が質問した。

「好みか。そうよな。あまり大柄な女は好まぬ」

家綱の身長は五尺（約百五十センチメートル）と少ししかない。武家として小さ過ぎるわけではないが、大きいほうではなかった。

「他には」

「そうよな。乳と尻《しり》の張っているのもごめんじゃ。どちらかといえば、細い女がよい」

家綱が加えた。

「細い女でございますか」

阿部豊後守が困惑の表情を浮かべた。腰の細い女は孕《はら》みにくいといわれていた。

「もうよかろう。小姓組頭がやきもきしておるぞ。誰か執政が待っているのではないか」

考えこんだ阿部豊後守へ、家綱が言った。

「これはいけませぬな。年寄りは話が長くなりすぎまする。では、これにてご免を」

「下がってよい」

しつこく食い下がらなかった阿部豊後守へ、ほっとした顔で家綱が手を振った。

「老中稲葉美濃守《いなばみののかみ》どの、お入りあれ」

阿部豊後守が引き下がるのを見送った小姓組頭が、ほっとした顔で、待っている老中を呼んだ。

二

役目から戻った賢治郎は、追いかけるようにしてきた使者から、今夜訪ねてきてくれるようにという阿部豊後守の命を聞かされた。

「承知いたしましてございまする」

若年寄支配の小納戸は、直接老中とかかわらないが、阿部豊後守には六歳のころから世話になっているのだ。断れるはずなどなかった。

「では、夕餉《ゆうげ》などを共にと主が申しておりますので、暮れ六つ（午後六時ごろ）前にはお見えくださいますよう」

用件を終えた使者が帰っていった。

「どなたでございまするか」

三弥が部屋で待っていた。

「豊後守さまより、夕餉に来いとのお話であった」

隠すことなく賢治郎は告げた。

「阿部さまよりのお誘いでございまするか。ならば、手ぶらで参るというわけにはいきませぬ。誰か、誰か」

手を叩《たた》いて三弥が女中を呼んだ。

「急ぎ干物を求めて参れ。金はいくら遣ってもよい。鰯《いわし》などの下卑たものを買うでないぞ」

「はい」

すぐに女中が駆けだしていった。

「すまぬな」

気配りに賢治郎は感謝した。

「あなたさまは深室賢治郎として、阿部さまのお屋敷へお行きになるのでございまする。恥をかかぬようにするのは、妻の務め」

三弥が強い口調で言った。

「さあ、あなたさまもそのままではいけませぬ。身形《みなり》をお整えくださいませぬと。お着替えをなさいませ」

「あ、ああ」

促されて賢治郎は袴《はかま》の紐《ひも》に手をかけた。

「お手伝いを」

膝立《ひざだ》ちになって、三弥が賢治郎の手を紐から除けた。

「三弥どのがなさらずとも……」

賢治郎は焦った。

家士を抱えるほどの武家では、当主や世継ぎの世話は男の仕事であった。たとえ妻であっても夫の着替えや給仕はしないのが決まりであった。

武家の夫婦は、朝の挨拶と帰宅の出迎え、夜の営み以外は、顔を合わせないのが普通であった。

「家士を呼ぶより、わたくしがしたほうが早うございましょう」

気にする賢治郎とは逆に、落ち着いた態度で三弥が袴を脱がせた。

「あ、ああ」

賢治郎はされるがままになるしかなかった。

女の徴《しるし》が始まってまだ日が経《た》っていないといえ、あきらかに三弥の雰囲気は変わっていた。幼き表情のなか、ときどき垣間見《かいまみ》えていた女が、常駐するようになっていた。それほど容姿が変わったわけでもないが、別人のようであった。

その女を見せつけるような三弥の接近に、賢治郎はざわめくものを感じていた。剣術で強敵と相対したときとは違う、胸騒ぎであった。

「どうぞ」

新しい袴を三弥が差し出した。

「これは……」

「お仕立ていたしました。深室家の次期当主として、上様のお側近くにお仕えしているあなたさまに、いつまでも父の下がりをお使いいただくわけにはいきませぬ」

あっさりと三弥が新調だと言った。

衣服の新調は金がかかった。大名家やそれに準ずる高禄旗本などは、呉服屋を呼んで季節ごとに着物を作らせたりするが、多くは古着を購入し、仕立て直して使う。六百石の深室家でも易々《やすやす》と衣服の新調はできなかった。

「かたじけない」

賢治郎は頭をさげた。

「湯漬けの用意をさせまする」

「夕餉がでるぞ」

三弥の言葉に、賢治郎は首をかしげた。

「空腹で行かれ、出されたご夕餉をむさぼるようなみっともないまねをなされては、深室の名前に傷がつきまする」

「それほど飢えてはおらぬつもりだが」

賢治郎は一応の反論を試みた。将軍の側に控えるのが小納戸である。今はお髷番《まげばん》としての役目を終えれば、控えに戻れるようになったが、かつては一日の勤務をそのまままこなしていたのだ。昼も夜も家綱のつごうでずれるなど当たり前、下手すれば食べられないことも多々あった。だからといって、将軍の側でお腹を鳴らすなど論外である。もちろん、家綱はそのていどのことを咎め立てたりはしないが、小姓組頭や小納戸頭から厳しい叱責を受けることになる。

「万一ということもございまする」

そう言って、三弥は膳《ぜん》を用意させた。

「では、行って参る」

賢治郎は土産《みやげ》として用意された干物を清太に持たせ、深室家を後にした。

一度訪れた屋敷である。日が暮れであってもまちがうことなどなかった。賢治郎は、暮れ六つの少し前に阿部豊後守の上屋敷へと着いた。

「こちらもか」

大きく引き開けられた正門に、賢治郎は引きつった。

来客を迎えるとき、大名家の大門は開く。ただし、これは同格以上あるいは、親戚筋など、礼を尽くさねばならぬ相手が客の場合であった。

阿部豊後守は忍《おし》藩六万石の当主である。対して賢治郎は六百石深室家の跡継ぎでしかない。月とすっぽんとまでは言わないが、海と池ほどの差はあった。しかも相手は老中である。普段ならば、同席することはもちろん、言葉を交わすのも難しい。

「深室賢治郎さまでございましょうか」

正門前で二の足を踏んでいる賢治郎に阿部家の家臣が声をかけた。

「いかにも。深室賢治郎でござる」

問いかけられて、賢治郎は首肯した。

「主がお待ち申しあげております。どうぞ」

家臣が先に立って、賢治郎を玄関まで案内した。

「深室賢治郎さまでございまする」

「承った」

玄関で案内が交代した。

「阿部家用人、喜多島御酒《きたじまみき》でございまする」

新しい案内人が名乗った。

「これはお手数をおかけする」

賢治郎はますます恐縮した。玄関から先へ客を先導する家臣は、かなり身分が高い。さすがに将軍家や老中、御三家の相手をする家老職ではないが、それに次ぐ用人が案内するとなれば確実に譜代大名並の扱いであった。

「こちらでございまする」

何度か角を曲がって、ようやく喜多島が足を止めた。

「殿」

両膝をついた喜多島が、襖ごしに声をかけた。

「……………」

あわてて賢治郎も正座した。

「深室賢治郎さま、お出ででございまする」

喜多島が述べた。

「お入りいただけ」

なかから返答があった。

「どうぞ、お入りを」

ていねいな口調ながら、有無を言わさぬ強さで、喜多島が賢治郎を促した。

「ご無礼つかまつりまする」

一礼して、賢治郎は座敷へと足を踏み入れた。太刀《たち》を腰から外し、襖際に置く。

「忙しいところをすまぬな」

上座で、阿部豊後守が詫びた。

「座ってくれ」

「失礼を」

 いかに招かれたとはいえ、身分に差がありすぎる。許可が出てから賢治郎は腰を下ろした。

「本日はどのようなご用件でございましょう」

賢治郎は質問した。

「堅い話ではない。夕餉を摂《と》りながら話そう。御酒《みき》、用意をな」

急ぐ賢治郎を手で制して、阿部豊後守が喜多島へ合図をした。

「はっ」

喜多島が下がっていった。

「お勤めはどうだ」

阿部豊後守が訊いた。

「毎回、毎回、命の縮まる思いでございまする」

「よきかな」

答えた賢治郎へ、阿部豊後守がほほえんだ。

「どのような役目でも、慣れというのが出る。慣習を理解し、手順にまちがいがなくなる。よいことであるが、緊張を失うという反面もある。同じことの繰り返しは、どうしても注意力が散漫になるからな。そうならぬというのはなかなかに難しい」

「……おそれいりまする」

褒められて賢治郎は、より警戒した。

「緊張するな」

賢治郎の様子を見て、阿部豊後守が苦笑した。

「お待たせをいたしましてございまする」

膳を捧《ささ》げて喜多島が戻ってきた。

「なにもないが、まずは喰《く》おう。年寄りに遅い食事は毒だ」

さっさと阿部豊後守が箸《はし》を付けた。

「酒は悪いが出さぬぞ。あとで話をするからな」

「はい」

うなずいて、賢治郎も食事を始めた。

夕餉は二の膳付きの立派なものであった。といっても贅沢なものはなく、魚も鰯の干したものや、菜の煮物、酢のものなど質素なものばかりであった。

「あまり行儀のよいものではないが、食べながら話をしよう」

「……けっこうでございまする」

賢治郎は同意した。

「上様のことだ」

「……………」

阿部豊後守の口から出た言葉に、賢治郎は箸を置いた。ものを食べながら、家綱にかかわる話をするわけにはいかなかった。

「固いな」

阿部豊後守が苦笑いをした。

「たいした話ではないとはいわぬが、あらたまってする話でもない。儂も喰うゆえ、おぬしも遠慮するな」

「そういうわけには参りませぬ」

頑《かたく》なに賢治郎は、ご正した姿勢を崩さなかった。

「あいかわらず、余裕がないな」

表情を引き締めて、阿部豊後守も食事を中断した。

「若い間は、もっと破天荒に生きてよい。いずれ、いやでも己を枠にはめなければならないときが来るというのに」

小さく阿部豊後守が嘆息した。

「まあよい。これも若さか」

阿部豊後守が食事を再開した。

「喰いながら話すと言ったゆえ、続けるぞ。で、話というのは、上様のお好みの女についてじゃ」

「上様のお好みの女……」

思ってもみなかった内容に賢治郎は唖然《あぜん》とした。

「だから、堅い話ではないと申したであろうが」

あきれた顔を阿部豊後守が見せた。

「おぬし、昨今宿直《とのい》番をしておらぬな」

「はい。上様より昼前での下城をお許しいただいております」

問われて賢治郎は答えた。

「それがなにか」

「咎めているのではない。上様の耳目《じもく》として動くとなれば、当然の話だ。他の小納戸どものように当番と宿直番と非番を繰り返していたのでは、身動きが取れなくなる。おぬしが半日とはいえ、自在にできるというのは、上様のおためである」

阿部豊後守が叱責ではないと言った。

「代わりに、上様が夜を中奥で過ごされたか、大奥へ出向かれたかは知るまい」

「登城いたしたおりに、上様が中奥におられるかどうかで知りまする」

賢治郎は述べた。

「そうか。お髷番は、早登城であったな」

早登城とは、通常の役人たちが五つ（午前八時ごろ）に登城するよりも早く仕事が始まる者たちのことを言う。

将軍の起床に携わる小姓組、小納戸、朝餉を作る台所役人などが、これに入った。

「ここ最近、上様は大奥へお渡りになられておらぬ」

「…………」

告げられて、賢治郎は阿部豊後守の用件をさとった。

「豊後守さま……」

賢治郎は意を決した。かつて家綱は、己に求められているのは子を作ることだけで、将軍としての役割など端《はな》から期待されていないとの不満を、賢治郎に漏らしていた。そのことを賢治郎は語った。

「……今、上様に女性《にょしょう》をお勧めされるのは、かえってよろしくないかと」

「やはりか」

今度は大きく阿部豊後守がため息をついた。

「上様のお歳頃で、女が不要などということはありえぬと考えていたが、原因はそこだったか。これは反省いたさねばならぬな」

阿部豊後守が食欲をなくしたとばかりに、箸を投げるように離した。

「たしかに、上様にはお血筋さまをお作りいただかねばならぬ。これが将軍家第一の任であることはまちがいない」

家綱の嘆きの原因が己にあると、阿部豊後守は認めた。

「松平伊豆もそうであったが、儂も三代将軍家光さまから、あまりに厚き恩寵《おんちょう》をいただいた。おかげをもって、人がましい顔をさせてもらえている。よって、どうしても家光さまが大事になってしまう。深室、家光さま、最期のお言葉がなんであったかわかるか」

「いいえ」

死に瀕《ひん》した将軍の遺言などわかるはずもない。賢治郎は首を振った。

「少しは予想せい。はずれてもよいのだ。思考することを放棄するな。ただ言われたことに従うだけでは、人としての意味がない。たしかに、命じられたことだけ無難にこなしていれば楽ではある。それではいかぬ。上様にお仕えするかぎり、楽を覚えるな」

阿部豊後守がたしなめた。

「心に刻みまする」

賢治郎は詫びた。

「では、考えてみよ」

「……天下泰平を維持せよと仰せられた……」

将軍の最期の言葉である。そうあってほしいと賢治郎は希望を口にした。

「模範じゃな」

鼻先で阿部豊後守が笑った。

「まだまだ人というものがわかっておらぬ」

「申しわけありませぬ」

言って見ろと命じられたから、思いついたことを口にしたのだ。それで怒られてはたまらない。頭を下げながらも、賢治郎は不満を感じた。

「口を尖《とが》らせるな」

しっかりと阿部豊後守に見破られていた。

「思いついたことを、すぐに言うな。少し考えてから口にせよ。一度口から出た言葉は、戻すことができぬ。上様のお側近くに仕える者の影響は大きい、おぬしの一言で、人が死ぬかも知れぬ。うかつな言動は、己の身を滅ぼすだけでなく、上様へ傷をおっけすることもあるのだ」

「……はい」

家綱の名前を出されては、賢治郎に反論の余地はなくなる。賢治郎は首肯した。

「覚えておけ。話がずれたな。家光さまのご遺言はな、末代《まつだい》まで吾が血脈だけに将軍職を継がせよであった」

「末代まで……」

聞かされた賢治郎は家光の執念に絶句した。

「家光さまには、苦い思い出があるからな。無理もない」

阿部豊後守が沈痛な目をした。

「忠長さまのことでございますか」

「うむ。家光さまは吾が弟に将軍位を奪われそうになった。いや、ほとんど奪われていたと言ってもまちがいではなかった。あのころ、秀忠さまは忠長さまを毎日手元に呼ばれて、自ら武将としての心得を教えられていたが、家光さまにはほとんど声さえおかけにならなかった」

思い出すように阿部豊後守が続けた。

「たしかに家光さまは、大人しくあらせられ、自らお話しになることもあまりなく、声をかけられても、返答されず、首を動かされるていどであった。はきはきと思いを口にし、元気よく駆け回る忠長さまこそ、武将としてふさわしいと見えても当然であった」

「…………」

黙って賢治郎は傾聴した。

「秀忠さまがそうなのだ。周囲も倣《なら》うのは当然だな。大名たちは登城して秀忠さまと忠長さまに挨拶をしても、家光さまのもとへは寄りつかず、家光さまに付けられていた小姓たちでさえ、忠長さまに媚《こ》びを売る始末」

二代将軍が吾が子の一人をかわいがる。それは、すなわち三代将軍の決定を意味していた。次代も栄華を謳歌《おうか》したいと思っている者たちが、三代将軍と目《もく》される忠長へ近づこうとするのは無理のないことであった。

しかし、弟に嫡男としての地位を奪われかけた兄としては、たまったものではない。家光はついに自害まで考えた。

「さいわい、神君家康さまの裁定で、三代将軍は家光さまと決まったからよかったものの、まだお若かった家光さまにとって、あの経験は大きな傷を残した」

阿部豊後守が目を閉じた。

「家光さまが最期に望まれた、末代まで吾が血筋で将軍職を占めよ。その言葉の重みに我らが囚《とら》われてもいたしかたあるまい」

「はい」

すなおに賢治郎はうなずけた。賢治郎も家綱の遺言とあれば、何をおいても完遂しようと思うからであった。

「たしかに、我らは家綱さまのお子さまを欲しておる。これが家光さまのご遺言に従うためであるのは否定せぬ。しかし、上様を政から離そうとしているのではない。少なくとも、儂と松平伊豆は、上様を天晴《あっぱ》れ名君とうたわれるお方にお育てしたいと考えていた」

後悔しているように阿部豊後守が小さく頭を振った。

「そうでない執政がおるのも確かじゃ。上様を飾りとして、幕政を思うがままにしてみたい。そういう野心を持っている者も少なくない。そして、そういった者に、人が集まる。情けない。誰が主かわからぬ者が増えた」

阿部豊後守が肩を落とした。

「一度、御用部屋を掃除せねばならぬ」

「…………」

これもまた返答に困る。賢治郎は沈黙を守った。

「すまぬ。これはおぬしのかかわる話ではなかったな」

黙り込んでいる賢治郎へ、阿部豊後守が軽く頭を下げた。

「ということで、上様のお好みの女を訊いておけ」

「どこがどう繋《つな》がるのか、よくわかりませぬ」

不意にもとの話へ戻された賢治郎は戸惑った。

「上様を天晴れ名君におさせ申すのだ。これから今まで以上に厳しくお教えする。そうなれば、上様もお疲れになる」

「それはわかりまする」

家綱だからと、阿部豊後守が手を抜くわけもない。阿部豊後守が本気で家綱に政を仕込むとなれば、かなり厳しいものになるのはまちがいなかった。

「では、その疲れを癒すにはどうすればよい」

「疲れを癒す……」

問われた賢治郎は、すぐに答えず、思考した。

「よく寝るでございましょうか」

しばらく考えて、賢治郎は言った。

「まちがいではない。身体《からだ》が疲れたときは、寝るにかぎるからな。なれど、勉学で疲れるのは身体より、頭である。頭の疲れを癒すにはどうする」

ふたたび阿部豊後守が質問した。

「頭の疲れ……酒か、好きなことに耽溺《たんでき》するか」

「好きなこととはどんなものだ」

「将棋とか碁、茶の湯などでございましょう」

重ねて訊かれて、賢治郎は述べた。

「ふむ……」

阿部豊後守が顎《あご》に手をあてながら、賢治郎を見つめた。

「おぬし、女を知っているのか」

「はあ」

質問の意図を賢治郎ははかりかねた。

「女を抱いたことはないのか」

「……ございませぬ」

はっきり言われて、ようやく賢治郎は理解した。

「深室の娘婿であろうが、妻はどうしておる」

驚きながら、阿部豊後守が確認した。

「妻はまだ幼うございまして、婚約だけしかいたしておりませぬ」

隠すことなく賢治郎が告げた。

「深室の娘は、いくつになった」

「今年で十四歳になるはずでございまする」

「妻とするにおかしな年齢ではないな。……作右衛門か」

「……………」

さとった阿部豊後守へ、賢治郎は沈黙するしかなかった。

「あの愚か者めが。一度婿として家へ入れ、その名字を名乗らせたのだ。夫婦の営みがあろうがなかろうが、娘は妻として扱われる。おぬしを放逐したところで、ろくなところとの縁組みは難しい。少なくとも格上の家から、婿をあらたに迎えるなど、まず無理だと子供でもわかるものを」

阿部豊後守がうんざりという顔をした。

「まあ、作右衛門のことはどうでもいい。いや、一度釘を刺しておかねばならぬが、今はそれより、上様じゃ。賢治郎、男はな、女で癒されるのだ」

そこまで言われて、賢治郎は思いあたった。かつて人を斬り、その重さにつぶれかけた賢治郎は、三弥に抱きしめられて、心やすらいだ覚えがあった。

「ほう。まんざらでもなさそうだ。娘とはうまくいっているのか」

「……あっ」

「わかりませぬ」

賢治郎は首をかしげるしかなかった。

三弥は優しいときもあるが、普段は厳しい。いや、あからさまに賢治郎を格下と見ているとの言動を取る。実家を放り出され、居場所を失った婿入り当時は、何もやる気がなく、三弥の扱いにも不満を覚えなかった。最初に文句をつけなかったことで、現在の力関係が確定したのだ。最近、三弥の態度に変化が出てきていると、さすがに賢治郎も気づいてはいる。ただ、それがどこから来ているのか、わかるほど女というものを賢治郎は理解していなかった。

「しかし、三弥が側に居ると気が楽にはなりまする」

感じたことを賢治郎は口にした。

「そうだ。それが女というものだ。もともとこの天地には男と女しかおらぬ。そして男と女が相和することで、子ができ、人は営みを続けてきた。すなわち、どちらが欠けても人の世はなりたたぬ。男には女が、女には男が入り用である」

「ですが、上様には御台さま始め、お召しの方がおられまする」

肉欲の薄い家綱でも、大奥には何人か手をつけた女がいた。賢治郎は今の状況でも十分ではないかと反論した。

「いるだけでは、意味がない。上様をお癒し申しあげる女が要ると儂は言っておる」

「今の大奥では足りぬと」

「そうじゃ。たしかに上様と御台さまのお仲は先代さまと違ってすこぶるいい」

阿部豊後守も認めた。

三代将軍家光と、御台所鷹司孝子《たかつかさたかこ》の仲は最悪であった。なにが原因かはわかっていないが、婚姻後すぐに家光は孝子を大奥から出し、閨を共にすることを拒んだ。また、本来、側室たちが産んだ男子は、御台所の養子とする慣習も無視し、家綱らとの面会も許さなかった。やがて家光は孝子から御台所の称号までとりあげてしまった。冷遇は、家光が死んだ後にまで及び、孝子には五十両の金が渡されただけで、その後の生活の糧さえ与えていなかった。また、子供たちを養子にしていないため、孝子と家綱はかかわりのない者となり、孝を尽くすことはできなかった。

「あまりに哀れである」

孝子の境遇をかわいそうに思った家綱は、母に準ずるとして敬意を表し、今は厚遇しているが、悲惨な夫婦生活を送っていた。

「残念ながら御台さまは、伏見宮家の出。人に傅《かしず》かれたご経験しかない。とても上様をお癒しいただくというわけにはいかぬ」

「…………」

「気づいたか」

表情の変わった賢治郎へ、阿部豊後守が満足そうな顔をした。

「大奥には上様をお癒しできる女性がおられぬと」

「そうじゃ。問題はそこなのだ。上様が愛《いと》おしいと思う、上様を愛おしいと思う女が要る」

「はい」

賢治郎も同意した。

「しかし、上様にはゆっくりと触れあい、その女と親しんでいくだけの間はない。お側においていただくためには、一目でお気に召さねばならぬ」

　条件があると阿部豊後守が語った。

　将軍はそのほとんどを女人《にょにん》のいない中奥で過ごす。女と触れあうのは大奥だけである。その大奥へ家綱はいかないのだ。心根の優しい女がいたところで、気づくことさえない。

「見た目で上様を魅了できねばならぬ。それでいて気のよき女。探し出すのは困難を極めるであろう」

「第一関門が容姿でございますか」

「ああ。女が上様の目につくのは一瞬、それで気にかけてもらわねばならぬ」

　阿部豊後守が首肯した。

「承知いたしましてございまする」

　家綱のためと、賢治郎は引き受けた。

三

「遅いな」

闇《やみ》のなかから声が漏れた。

「文句を言うな」

別の声がたしなめた。

「待つのは苦手だ」

「恩《おん》、よくそれで根来者と言えたな」

「根来者になる気などなかったわ」

恩が言い返した。

「兄が死んだおかげで、吾は田舎《いなか》から呼び出されたのだ。修行の年限も終え、のんびりと百姓をしていたのに」

「しかたあるまい。吾も同じなのだからな」

もう一つの声が言った。

「二十俵ほどしかない禄のために、人を殺すか。面倒だな。そう思わぬか、華《げ》」

「それが根来者の決まりよ」

華が淡々と言った。

「無駄話はこれまでにしておけ。そろそろ出てくる頃合いぞ」

二人の頭上から別の声が降ってきた。

「小頭《こがしら》」

「承知」

恩と華が黙った。

日が落ちても大名屋敷の周辺は明るい。辻《つじ》ごとに灯籠《とうろう》を立て、一夜の間油を切らさない。それは同時に、明かりの届かないところへ、濃い闇を作った。

明かりに人の目は慣れる。いや、合わされるのだ。明るいところを見た目は、暗闇に適応できなくなる。そう、人は明かりの下にある闇を見透かせない。

根来者は、辻角にある灯籠の光が届かなくなる境目、闇の始まりに潜んでいた。

「お世話になりもうした」

閉じられていた大門が開かれ、賢治郎が姿を現した。

「老中屋敷の大門が開くだと」

華が驚愕した。

「それだけの相手だと思え。でなくば、おまえたちの兄、従兄《いとこ》と同じ目に遭うぞ」

小頭が忠告した。

「……門が閉まった」

ほっとした声で恩が口にした。

「援軍はないな」

やはり安堵《あんど》のため息とともに、華も言った。

門が開いていれば、外の様子も知れやすいし、すぐに駆けつけることができる。閉まれば、少なくとも屋敷のなかの者が状況を把握するまでのときがかかった。それだけあれば、十分であった。

「油断するな」

すばやく小頭が注意を促した。

「わかっておる」

不満そうに恩が返した。

「手はずを確認するぞ。あやつを一度やり過ごし、後ろから襲う。吾は右から、おぬしは左からだ」

「わかった」

　小声で二人が打ちあわせた。

「うまくやれ。さすれば家名は続けられる」

　小頭が激励した。

「継ぎたくもなかったがな」

　文句を言いながら、恩が動いた。

　賢治郎は阿部豊後守の用件を脳裏で繰り返していた。

「上様のお好みか。お伺いしたことさえない」

　家綱にもっとも近い者という自負が賢治郎にはある。だが、女の話を将軍とした覚えはなかった。

「明日にでも……」

　いきなり訊くわけにはいかなかった。あまりに露骨すぎる。どちらにせよ、問わねばならぬので、家綱には阿部豊後守から命じられたとさとられるだろうが、それでも機をうかがい、言いかたを考えれば、衝撃を和《やわ》らげることはできる。

賢治郎はどうするかで頭が一杯であった。

「…………」

無言で二人の根来者が襲い来た。

脇差ほどの直刀《ちょくとう》で、左右から賢治郎の首を狙って突いた。

「……くっ」

襟首《えりくび》は人体のなかでもっとも鋭敏である。切っ先の殺気を感じた賢治郎は、躊躇《ちゅうちょ》なくまっすぐ前へと倒れこんだ。そのまま勢いを付けて転がり、身体を回して片膝立ちの形を取った。

「ちっ」

「くそっ」

先ほどまで賢治郎の首があった場所を突いて、空《くう》を切った根来者たちが舌打ちした。

「ふう」

賢治郎は背中に大量の汗を掻《か》いていた。

助かったのは、根来者二人が必殺を期して、定跡《じょうせき》どおりの攻撃をしてくれたからであった。

突きで左右から首の血脈を狙う。

斬り損じはあっても、突き損じはない。斬りつけて失敗することはあっても、突きはかならず当たるという剣術における金言の一つである。斬りつけは、上下の動きでしかなく、少し間合いを下げられただけで外される。対して突きは前後へのものとなるため、多少間合いを空《あ》けたところで届くという他に、単純な動きだけに速い。

しかし、突きには大きな欠点があった。上下へ逃げられると追い切れないのだ。

もう一つ、狙ったのが首という急所ながら小さいところであったのも賢治郎を救った。

もとから狙う幅が狭いのだ。わずかな動きで目標はずれる。

もし、二人の根来者が背中を攻撃していたならば、賢治郎は無事ではすまなかった。

「なにやつ……と訊くだけ無駄だな」

片膝立ちの体勢で、賢治郎は太刀を抜いた。

「…………」

無言で根来者が追撃してきた。

離れたことで五間（約九メートル）まで拡《ひろ》がっていた間合いは、一瞬で縮められた。

ふたたび、左右から根来者が挟撃してきた。

「なんの」

しっかりと遅速を見極めた賢治郎は、低い姿勢のまま、太刀を薙《な》いだ。

「つっ」

右から来ていた恩が、臑《すね》を打たれそうになって、たたらを踏んだ。

「おうりゃ」

空を斬った太刀を賢治郎は、そのまま薙ぎきった。

「あふっ」

寸瞬遅れていた華が、まともに太刀を受けた。華の右膝が落ちた。

「こいつっ」

足を止めていた恩が、あわてて賢治郎へ斬りかかった。

太刀を完全に左へ振り切っていた賢治郎は、引き戻しが間に合わないとさとり、右手を開いて太刀を離した。勢いのまま太刀が飛んでいったが、賢治郎は気にせず、左手で脇差の鯉口《こいぐち》を切り、片手で抜き放った。

刃渡りの長い太刀ならば、左手だけで抜くことはできなかった。短い脇差なればこそ、賢治郎の受けは間に合った。

「くそっ」

一撃を防がれた恩が罵《ののし》りの声をあげた。

「ふん」

逆手《さかて》に握った脇差を下から賢治郎ははねた。

「このていど」

易々と恩が後ろへ退いて、かわした。

「…………」

賢治郎も数歩引いて間合いを開いた。

「えっ」

追い撃ってこなかった賢治郎に、恩が唖然とした。恩の忍刀《しのびがたな》は、受けられたうえ弾《はじ》かれたのだ。付けこむ隙《すき》といっていい。それを賢治郎がしなかった。

「初撃で食いこまれたぶん、取り戻したぞ」

賢治郎は投げた形となった太刀を拾いあげていた。

「しまった」

恩が苦い声を出した。有利な状況は終わった。太刀を手にされれば、根来者が不利であった。脇差なら忍刀と刃渡りの差がない。しかし、太刀となるとその間合いに大きな損が出た。なにせ、五寸（約十五センチメートル）以上違う。これで恩が己の忍刀を届かせるためには、太刀の刃《やいば》の下を潜《くぐ》らなければならなくなった。

「さて、仕切り直しだな」

脇差を賢治郎は鞘《さや》へ戻し、太刀を構えた。

「しゃっ」

懐《ふところ》から手裏剣《しゅりけん》を出し、恩が投げつけてきた。

根来者の使う手裏剣は、薄い鉄の板を切り、四角形や八角形などにしたものだ。回転しながら飛んでくるため、軌道が読みにくい。

「ふん」

待つのではなく、賢治郎は手裏剣へと近づいた。

「馬鹿な」

逃げることはあっても近づくなど考えられないことである。恩が目を剥《む》いた。

賢治郎が先ほどまで立っていたところを狙って撃たれた手裏剣は、距離が変わったことで、あっさりとはずれた。

「えいっ」

間合いを詰められた恩が、苦し紛れに忍刀を突き出した。

「ぬん」

胸目がけてまっすぐ来た忍刀を賢治郎は下からすりあげた太刀で払った。

「わっ」

強い力で打ちあげられた忍刀を離すまいとして、恩が柄《つか》を強く握った。上へと流される刀を摑《つか》んでいるのだ。恩の両手もあがった。

「ひゅっ」

小さく息を吐いて、賢治郎は上段に近い構えから太刀を落とした。

「あああ」

無防備な恩に手立てはなかった。

左肩から右脇腹まで存分に裂かれて、恩は絶命した。

「……来るか」

残心《ざんしん》をとった賢治郎は、倒れ伏した恩の背後に拡がる闇へと鋭い目を向けた。忍との戦いになれた賢治郎は、恩を斬った瞬間も警戒を緩めず、闇が揺らいだのを見逃さなかった。

「………………」

応える者はなく、闇のなかの気配が溶けた。

「見捨てられたな」

大地に血を流している二つの骸《むくろ》へ、賢治郎は冷たく言い捨てた。

「遣えなかったか」

小頭は風のように夜の江戸を駆け抜け、紀州家下屋敷根来者組長屋へと戻った。

眠ることなく待っていた導師が、小頭の報告を聞く前に嘆息した。

「殺気が残っておる」

導師が小頭へ告げた。

「二人が勝ったならば、殺気を残すはずはない。二人ともやられたな」

「……はい」

小頭が同意した。

「仕方あるまい。これから殿との戦いが始まるのだ。数は欲しいが役立たずはかえって足手まとい。大事なところで崩れられることを思えば、ましだ」

導師が淡々と述べた。

「補充はいかがいたしましょう」

「もう試しをする余裕がない。毒の調剤を急がせよ」

冷静な声で導師が命じた。

第三章　母の想い

一

順性院は用人山本兵庫を呼び出した。

側室だった者は、将軍の死と共に落髪し、大奥を出て江戸市中にある御用屋敷へと移る。そこで死ぬまで将軍の菩提《ぼだい》を弔い、念仏三昧《ざんまい》の生活を送らなければならない。

ただ特例があった。子供がいる場合である。子供のところへ引き取られるのは届け出だけで許された。といっても、娘の嫁ぎ先である大名家の領地へ行くことは認められず、江戸から出ることはできなかった。とはいえ、御用屋敷で幕府の監視の下《もと》に生きるよりははるかに安楽であった。

しかし、三代将軍家光の愛妾で、甲府藩主綱重を産んだ順性院は、桂昌院がさっさと綱吉のもとへ行ったのに対し、息子の屋敷へ移らず、御用屋敷に残っていた。

これは大奥とのかかわりを断たないためであった。

大奥は将軍の私《わたくし》である。いわば、将軍の身内のための場所なのだ。先代将軍の側室もそのなかに含まれる。ただし、娘の嫁ぎ先や、独立した息子のもとへ行った者は、その家のかかり人あつかいとなり、大奥との縁が切れた。

もちろん、縁が切れたといったところで出入りが禁じられるわけではないが、それでも幕府の許可無く大奥へ出入りすることはできなくなった。

対して御用屋敷は、大奥で病《やまい》を得た女中たちの療養先ということもあり、ここにいる限り、大奥の情報をあっさりと入手できた。

「兵庫よ」

順性院の機嫌は悪かった。

「いかがなさいましたか。先日の件は……」

山本兵庫がおずおずと訊《き》いた。

「大奥から聞かされたが、館林さまがお気に入りの女を作られたそうだの」

遮って順性院が言った。

「……のようでございまする」

「なぜ、妾《わらわ》に教えなんだ」

順性院が山本兵庫をにらんだ。

「それは……わざわざお方《かた》さまへお知らせするほどのものでは……」

五代将軍の座を巡って、密《ひそ》かに甲府綱重と館林綱吉は争っていた。相手の状況を知る。これは戦《いくさ》の基本であり、どちらも敵方のなかへ人を忍ばせ、情報を探らせていた。

綱吉が伝を側室として召しだし、連日のようにかよっていることは、すぐに甲府家家老新見備中守《にいみびっちゅうのかみ》の知るところとなり、そこから山本兵庫へも教えられていた。

「まさか子ができてはおるまいな」

語気も強く、順性院が確認した。

「さすがにまだ日も浅く、それはないかと」

山本兵庫が否定した。

「まちがいないのか。今回側室として迎えたのは、早くから館林さまの手つき、ついに子を産んだからということではないのだろうな」

「ご懸念なく」

念を押す順性院へ、山本兵庫は首肯した。

「宰相《さいしょう》さまのお子さまがまもなく産まれるのだ。それより早いなど許されぬぞ」

順性院がいらだった。

まだ前髪の残ったころから女に興味を持った綱重は、七歳歳上の女中に手を出していた。その女中が昨年妊娠し、この初夏には出産の予定であった。

「次の上様になるのに、なにが入り用か、そなたはわかっておるのか」

「…………」

山本兵庫が平伏した。女の怒りを宥《なだ》めるには、ひたすら頭を下げるしかない。長く大奥を相手にする御広敷《おひろしき》役人をしていた山本兵庫の処世術であった。

「館林さまに勝つのは、ただ一つ。子を産ませられるかどうかなのだ」

順性院が続けた。

「大奥では、今、上様への不満があふれておる。上様のお渡りがないからだ。大奥は上様のお世継ぎを作り、育《はぐく》むところ。なれど、それは上様が大奥へお出《い》でになり、女を抱いてこそ成りたつ話。上様が来られない大奥に、なんの価値もない」

「…………」

山本兵庫は相づちも打たなかった。

「女好きでない将軍は、大奥にとって困るのだ。かといって女好きだけでは、意味がない。子をなす力を持っているかどうかに真の意味がある。ご無礼ながら上様にはそれがない」

「お方さま……」

いかに御用屋敷とはいえ、どこに耳があるかわからない。山本兵庫は、順性院をたしなめた。

「ふん」

順性院が鼻白んだ。

「上様のことは置いておこう。つまり大奥が次の将軍となるべきお方に求めているのは、女を好み、孕《はら》ますことのできるお方じゃ。その条件に合うのは、宰相さましかおられぬ」

うっとりとした顔を順性院が浮かべた。

去年寛文《かんぶん》元年（一六六一）の年末、甲府徳川綱重は、参議へと補任されていた。参議は宰相と別称されることから、綱重はこの春から甲府宰相と呼ばれるようになっていた。

もっとも館林徳川綱吉も、同日に参議へあがっていた。このことが順性院を焦《あせ》らせていた。兄弟が同日に参議へのぼる。一日でもずれていれば、なんの問題もないが、まったく同じ日なのだ。これは、綱重と綱吉が同格だと幕府が通達したにひとしい。当然と言えば当然であった。少しでも差をつければ、綱重方は納得しても綱吉方がおさまらない。万一、家綱の死を迎えての五代将軍争いで、綱吉側が勝利すれば、後日その報いを差をつけた執政たちは受けなければならなくなる。

「兵庫、確認を怠るな。もし、綱重さまより先に子が産まれるようならば、なんとしてでもな」

「はい」

強く山本兵庫はうなずいた。伝が孕んでいないとわかっているのだ。安心して命令を受けられた。

「……館林さまもやはり男であったか」

ようやく怒りをおさめた順性院が嘆息した。

順性院が問うた。静とは綱重の愛妾のことだ。十六歳だった綱重が一目で気に入るだけの美貌《びぼう》であった。

「お好みもございましょう」

あいまいな表現で山本兵庫は逃げた。

順性院付きの用人とはいえ、山本兵庫は旗本である。本来家綱に忠誠を誓わなければならないのだが、順性院の美しさに迷い、今は綱重を将軍とするために動いている。もし、綱重が五代将軍となれば、寵愛の側室静はお方さまになる。そのお方さまより、綱吉の愛妾伝がきれいだと口にするわけにはいかなかった。

「ほう」

女はこういう機微に敏感である。順性院が山本兵庫をじっと見た。

「妾《わらわ》とではどうだ」

「とんでもございませぬ。比べるなどとんでもございませぬ。お方さまにかなう者など、この世におりませぬ」

大きく首を振って、山本兵庫が否定した。

「さようか」

褒められて機嫌の悪くなる女はいない。順性院がほほえんだ。

「そのなんとか申した館林どのの気に入りの女は、どのような出自の者だ」

順性院が問うた。

「身分卑しき者でございまする。それにそなたは答えぬと」

「妾は尋ねた。それにそなたは答えぬと」

ふたたび順性院の機嫌が悪化した。

「いえ」

山本兵庫は汗を掻《か》いた。

「次は言わぬ。役目替えの準備をいたすことだ」

冷たく順性院が告げた。

「申しわけございませぬ」

御広敷番頭として出世の道にいたにもかかわらず、山本兵庫が先のない順性院付き用人を選んだのは、側《そば》にいたいからだ。役替えになっては、生き甲斐《がい》を失うことになる。あわてて山本兵庫が詫びた。

「言え」

まだ怒ったままで順性院が促した。

「はっ。伝は黒鍬者《くろくわもの》の娘でございまする」

「黒鍬者……風呂水運びか」

順性院が首をかしげた。

風呂水運びとは、黒鍬者が毎朝、御台所《みだいどころ》が使用する水を大奥まで運びこんだことによる。

江戸の地は土のせいか、あまりよい水がでない。ただ、江戸城外にある辰ノ口《たつのくち》にわき出る清水《しみず》は質がよく、いつからか、この水を御台所の入浴に供するようになった。かといって、大奥女中が外へ出ていくわけにもいかず、雑用係とされている黒鍬者の任となった。

「まさに下賤《げせん》。相手にするほどでもないか」

「さようでございまする」

興味を失った順性院へ、山本兵庫がほっと息を漏らした。

「なにかあるのだな。隠す気か」

しっかりと順性院が見とがめた。

「……はい」

山本兵庫があきらめた。

「黒鍬者と館林さまに繋《つな》がりができたのは、よろしくございませぬ」

「どういうことじゃ」

順性院が先を促した。

「黒鍬者は……忍《しのび》とお考えいただきたく」

「伊賀や甲賀と同じだと言うか」

「そこまで腕は立ちますまいが、気配を消す技、体術などにすぐれておりまする。また、黒鍬者は江戸の町すべての道を管轄いたしまする」

難しい顔を山本兵庫はした。

「まさか、宰相さまの身に……」

母なればこそ、山本兵庫が言い渋った理由に、順性院が気づいた。

「…………」

山本兵庫が黙った。

「なんとかいたせ」

悲鳴のような声を、順性院があげた。

「新見備中守がすでに宰相さまの警固を厚くいたしておりまする」

手は打ってあると山本兵庫が告げた。

「水の漏れるようなことなどないであろうな」

「もちろんでございまする」

山本兵庫が請け合った。

「我ら命に替えても、宰相さまをお守りする所存」

胸を張って、山本兵庫が宣した。

「頼りにしておるぞ、兵庫」

順性院が一膝《ひとひざ》、山本兵庫へと近づいた。

「ははっ」

僧衣へ焚《た》きしめた香の匂《にお》いに、山本兵庫は幻惑された。

「のう、兵庫」

さらに順性院が身体《からだ》を寄せた。すでに二人の間に隙間《すきま》はほとんどなかった。

「なんでございましょう」

頭《こうべ》を垂れたままで、山本兵庫が尋ねた。

「黒鍬者が館林さまにつくのは、伝とか申す女がおるからであろう。伝さえおらねば、宰相さまは黒鍬者を警戒せずともすむ」

甘い声で順性院が語りかけた。

「………」

「館林さまが、お亡くなりになればなによりではある。だが、なかなかに難しい。しかし、女一人くらいならば……上様への手出しよりは楽であろう」

順性院が山本兵庫の膝に手を置いた。

「や、やれまする」

震えながら、山本兵庫がうなずいた。

山本兵庫を帰した順性院が手を叩いた。

「お呼びでございましょうか」

居室の外で控えていた女中が顔を出した。

「和《かつ》、聞いていたかえ」

「はい」

和が首を縦に振った。

「黒鍬が館林についたならば、こちらはどうすればよいかの」

「やはり手足となる忍が要《い》りましょう」

問われた和が答えた。

「であるな。伊賀か甲賀のどちらに」

「お方さま、ともに上様の配下でございまする。なかなかに誘うのは難しいかと」

和が困難だと告げた。

「利を持ってさそえぬか」

「御上《おかみ》を裏切るだけの代償を提示できましょうか」

「…………」

腹心の言葉に順性院が沈黙した。

「お方さま」

「なんじゃ」

発言を順性院が許した。

「館林さまと同じ方法をとられてはいかがでございましょうか」

「同じ方法……綱重さまに甲賀か伊賀から側室をあげさせよと」

「はい」

理解した順性院へ和が首肯して見せた。

「ううむう」

順性院がうめいた。

「伊賀や甲賀の血が入るなど……館林ではあるまいに、身分低き者など宰相さまには
ふさわしくない」

山本兵庫の前ではつけていた敬称をはずし、順性院が嫌悪《けんお》を露《あら》わにした。

「それでは……」

和が目を伏せて首を振った。

「宰相さまのお子さまともなれば、六代将軍になられるやも知れぬのだ。その者の母
が、忍の出では、反対する者が出て来よう」

「……………」

あり得る話であった。

「神君家康さまのご子孫として……」

さすがにそれ以上順性院も口にはしなかった。とはいえ、初代将軍家康を神として幕府はまつりあげている。徳川家の血は、外様《とざま》最大の前田家を始め、多くの大名に散っている。いや、天皇家にさえ入っているのだ。徳川の血を格別と考える者は多い。

「身分で釣れぬか」

「難しゅうございましょう。宰相さまがいずれ五代さまとなられるとはいえ、それまでの間、かりそめでも上様へ刃向かうことになるのでございまする。知られたら、伊賀であろうが、甲賀であろうが、根絶やしにされまする」

幕府にとって忠義はその根本である。家臣は主君に絶対したがわなければならなかった。乱世当たり前であった下克上《げこくじょう》など論外なのだ。人を殺しても、武士ならば切腹すれば、家族にまで累は及ばないが、謀叛《むほん》は別である。本人が自裁しようとも、一族郎党磔《はりつけ》が定めであった。

「甲賀も伊賀も味方にするならば、組ごと引き入れなければなりませぬ。しかし、何十人もいれば、なかにはお方さまの意に反する者も出まする。たとえ、一人でも裏切れば……」

「慶安の変の二の舞か」

「はい」

和が認めた。

慶安の変、世に言う由井正雪の乱が、始まる前に潰《つい》えたのは、訴人が出たからであった。由井正雪の弟子で、乱にも加わるはずだった浪人者が数名、ことの始まる前に町奉行所まで計画を訴え出た。このため、江戸、大坂、京、駿河で同時に蜂起するはずだった謀叛は、それぞれ抑えられ、由井正雪は自害、他の幹部たちは捕縛《ほばく》され、磔となった。

「訴人どもには褒賞がある」

「さようでございまする」

由井正雪を訴人した弟子たちは、皆それぞれに御家人あるいは旗本として召し抱えられている。なかには八百石という、高禄を与えられた者もいた。

「組ごと抱えるには、よほど慎重でなければならぬ。かといって一人二人では、役に立たぬ」

ため息とともに、順性院が肩の力を落とした。

「お方さま」

「なんじゃ」

「黒鍬者は一枚岩となっておるのでございましょうか」

「どういう意味じゃ」

順性院が小首をかしげた。

「黒鍬にくさびを打ちこめれば……」

「なるほど。黒鍬者が全員館林に心服していなければよいのだな」

「ご明察でございまする」

大仰に和が称賛した。

「よし。新見備中守をこれへ」

「呼びつけるのは、いかがでございましょう。もう、お方さまには黒鍬者の目がついていると考えねばなりませぬ。江戸の道はすべて黒鍬が見ていると」

「なるほどの。ならば、妾が行けばよい。妾が宰相さまのもとへ行くのは当たり前であるからの。母が子に会う、なんの違和もない」

和の進言を順性院が受け入れた。

二

館林徳川家は、綱吉が愛妾を持ったことに安堵《あんど》していた。

いかに学問を好み、名君になるだろうと期待されていても、それだけで家臣たちは安心できなかった。

跡継ぎがなければ、家は続かないのだ。主家が断絶すれば、家臣たちも放浪することになる。もちろん、主家に子供ができたからといって、安泰とはかぎらなかった。産まれた子が娘ならば、跡継ぎとは認められない。また男子が産まれても生母の身分が低いと、認知されない場合もある。しかし、主《あるじ》が女を抱けば、希望はあった。

「まだ朗報は聞けませぬか」

館林家家老牧野成貞《まきのなりさだ》が、微笑《ほほえ》みながら桂昌院へ問いかけた。

「無理を言われてはいかぬな。宰相さまが伝をお召しになられて、まだ月が変わったばかりではないか」

やはり浮かれた声で、桂昌院が述べた。

「それでも男女の仲はわからぬもの。一度の逢瀬《おうせ》で子ができることもございましょう」

「たしかにそうだが、まだ一月《ひとつき》ほどでは、徴《しるし》さえ出ぬわ」

桂昌院があきれた。

「女は、孕めば気づくとうかがったことがございまする」

「無茶を言うな。少なくとも、月の障りが遅れなければ、わかるものか」

「やれ、では吉報を楽しみに待つしかございませぬな」

牧野成貞がため息をついた。

「ところで」

表情を引き締めて、桂昌院が呼びかけた。

「なんでございましょう」

笑いを牧野成貞も引っこめた。

「伝が申していたぞ。黒鍬者が小納戸を襲って失敗したらしいの」

「……まったくお方さまの耳に、要らざることを」

牧野成貞が苦い顔をした。

「伝がな、宰相さまへ泣きつきおったわ。黒鍬者を見捨てないで欲しいとの」

小さく桂昌院が笑った。

「さようなことを」

一層牧野成貞が眉をひそめた。

「でな、宰相さまがな、黒鍬者に手柄を立てさせてやれと仰せられた」

「殿が」

牧野成貞が驚愕《きょうがく》した。

綱吉を五代将軍とすべく桂昌院と牧野成貞は暗躍している。しかし、綱吉自身には、知らされていない。勉学を好み、儒教を信奉する綱吉は純粋に家綱を兄と慕い、その意に従うことを疑問に思ってもいなかった。

「なんのことかはおわかりではない。ただ、気に入りの女に強請《ねだ》られただけじゃ」

「それならばよろしゅうございますが……」

少し表情を緩めた牧野成貞だったが、目は厳しいままであった。

「よくないか」

「はい」

桂昌院の言葉に、牧野成貞が同意した。

「殿へ身内のことを頼むのは、なにより愛妾がしてはならぬこと」

「うむ」

牧野成貞の弾劾《だんがい》に、桂昌院もうなずいた。

「それをあっさりと伝はいたしました。これは前例となりまする」

「だの」

ほんの少しだけ眉をひそめて、桂昌院が首肯した。

綱吉は将軍の弟である。いわば大名のなかで、御三家を凌駕《りょうが》する名門なのだ。その血筋は将軍に次いで尊ばれ、求められる。正室との間に子供ができるのが何よりではあるとはいえ、名門の女というのは身体が弱く、子を孕みにくい。そこで側室が用意された。その側室も一人では不足する。なぜなら、妊娠してしまえば、その間閨《ねや》の御用に応じられぬし、新たな子を孕めないからである。側室は複数用意されるのが、名門大名家の慣例となっている。

館林徳川家もいずれそうなり、側室は伝だけでなくなる。そのとき、伝が強請って一門を出世させたという前例があると、後から来た側室たちも同じことをしかねず、また、拒みにくい。

「しかし、初めて女に甘えられたことを宰相さまはご機嫌である。女の願いをかなえるのは男として喜びであろう」

「……それはたしかに」

苦い顔で牧野成貞が認めた。

「宰相さまが男になられたのだ。その祝いとして、今回だけ手助けしてやってくれぬか」

「今回だけでございまするか。わかりましてございまする」

桂昌院に頼まれて、牧野成貞が請《う》けた。

「すまぬな」

軽く頭を傾けてから、桂昌院が尋ねた。

「もう一度小納戸を襲わせるのか」

「無理でございましょう。数で優《まさ》ったうえ、不意を討って負けたのでございまする。とても……」

はっきりと牧野成貞が否定した。

「そこは手助けしてやればよいであろう」

「館林の家臣たちを使うのはよろしゅうございますが、そうなれば黒鍬の手柄にはできませぬ。成功したときには、家臣たちも褒賞を欲しがりまする」

「我慢させればよいではないか」

気にも留めず、桂昌院が口にした。

「お方さま、それはいけませぬ。信賞必罰こそ、武家奉公の要《かなめ》。手柄を立てた者に報いてやらねば、ご奉公をしなくなりまする」

「主のためでもか」

牧野成貞がたしなめた。

「武士は手柄を立てて、褒美として禄をもらうことでなりたっておりまする。報いてくれぬ主君のために命をかける家臣はおりませぬ。それに館林の家臣はもともと旗本でございまする。将軍への忠義は厚くとも、まだ宰相さまには馴染《なじ》みませぬ。そのおりに吝《しわ》いまねをするのは……」

「忠義といえども、金か」

「禄がなければ、生きていけませぬ」

現実を牧野成貞が突きつけた。

「ではどうするのだ」

「黒鍬でもできることをさせるだけでございまする」

牧野成貞が述べた。

「できることとはなんじゃ」

「女一人くらいならば襲えましょう。それも頻繁に屋敷を出る女ならば」

「……頻繁に屋敷を出る女だと。それは……」

下から窺《うかが》うように、桂昌院が牧野成貞を見た。

「はい。順性院さまでございまする」

牧野成貞が告げた。

黒鍬者小頭一郎兵衛は、牧野成貞の言葉を黙って聞いた。

「宰相さまより、黒鍬者に手柄を立てさせよとお話があった。かといって小納戸を倒すことはできまい」

「……………」

牧野成貞から見えないように頭を下げた一郎兵衛が唇を噛《か》んだ。己の口から配下に、賢治郎への手出しを禁じたとはいえ、他人から勝てないと言われるのは、辛《つら》い。

「順性院を亡き者とせよ。順性院は桜田《さくらだ》の御用屋敷から、甲府家の藩邸まで毎日のようにかよっておる。江戸の道はすべて黒鍬の管轄であるならば、容易であろう。もちろん、当家の名前が出るようなまねはせぬようにな」

「承知」

一郎兵衛が引き受けた。

黒鍬者の主たる任務は、江戸城下の道や辻の保守管理と、登城する行列の整理である。

行列の整理とは、江戸城前の混雑を避けるため、城近くの辻に立ち、四方から来る大名旗本の行列を捌《さば》くことをいう。たとえ御三家であろうとも、黒鍬の指示には従わなければならない決まりであったが、そこは身分の優先される世である。後から来た御三家が、外様大名を尻目《しりめ》に進むなどは日常茶飯事であった。ここでも家門、あるいは役職の上下が大きくものをいう。ために黒鍬者は行列の主が誰であり、格式はどれほどかを瞬時に見抜かなければならなかった。

当然、その技能は女駕籠《おんなかご》にも適応された。大奥女中と大名の姫の駕籠が、かち合うこともある。互いに辻で譲り合わないときでも、黒鍬者の差配には従わなければならない。これは黒鍬者が目付の配下であるからであった。黒鍬者の指示を拒む。それは目付の権威を傷つけるも同然とされていた。

一郎兵衛は組屋敷へ戻って、配下を五名集めた。

「紀州家の行列はどうするのだ」

すでに黒鍬者は手分けして、紀州頼宣の行列を辱《はずかし》めるため動いていた。

「それは別の者にさせる」

「足りるのか」

黒鍬者も譜代と抱え席という立場の違いで二つに割れている。館林家へ従っているのは譜代の出だけで、日頃命じられる黒鍬者の任をこなしたうえに、影の動きをするには十分な数がいるとは言えなかった。

「同時にするわけではない。そんな目立つまねはせぬ」

配下の懸念を一郎兵衛は払拭《ふっしょく》した。

「順性院さまの駕籠はわかるな」

話を一郎兵衛が戻した。

「知っておる」

代表して一人が答えた。

「警固の状況はどうだ。弥助《やすけ》」

「侍が二人、女中が四人、女駕籠かきが四人だな」

問われて弥助が答えた。

「侍二人は遣えるか」

「足運びから見て、そこそこはできるようだが、我らの敵ではない」

弥助が自信を見せた。

「五人で十分だな」

「うむ。ただ……」

「なんだ」

口ごもった弥助を一郎兵衛が促した。

「用人の山本兵庫がついていなければという条件でだ」

「できるのか」

「かなり遣う。この五人では、山本兵庫一人で全滅させられる」

弥助が断言した。

「そやつは、いつもついているわけではないのだな」

「ああ。毎回ではない。三回に一度ほどはおらぬ」

確認した一郎兵衛へ、弥助が言った。

「用人の仕事は警固ではないからな。順性院の生活すべてをまかなうのが任。いつも側に居ることはできぬ。ならばその機を狙うしかない」

「では、いつと期限をきらずともよいであろうな」

「あまり延ばすのはまずいが」

綱吉の命《めい》でもあるのだ。ときがかかると、ふたたび伝が口を出しかねない。それは一郎兵衛の能力を疑うことにつながる。

「わかった。しばらく任からはずれる」

弥助が同僚を連れて出ていった。

木綿の薄い布で覆っているとはいえ、息が漏れてはいけない。賢治郎は家綱の月代《さかやき》をあたるとき、息を止めていた。

呼吸は、全身を使った運動でもあった。息を吸うと肋骨《ろっこつ》が開くために胸の筋肉が緩む。と同時に腹や背中、腕の筋肉が縮む。それは身体全体をわずかとはいえ、揺らす。天皇の玉体《ぎょくたい》に次いで重要な将軍の身体に刃物を当てているのだ。ほんの少しの傷でもつけることは万死《ばんし》に値《あたい》した。

「生きておるか」

あきれた声で家綱が言った。

「……もちろんでございまする」

一度剃刀《かみそり》を引いて、賢治郎は答えた。

「いつもいつも息を止めおって。人は息をせねば生きていけぬ。背中に回ったそなたの呼吸の音が聞こえぬのは、気持ちのよいものではない。普通にいたせと言ったはずだぞ」

家綱が叱った。

「申しわけございませぬ。しかし、刃先がぶれてはなりませぬ。剣術とたとえるのはよろしくございませぬが、息をしながら太刀《たち》は振れませぬ」

「それはわかるが……」

将軍も剣術の稽古《けいこ》をする。将軍家お手直し役である柳生《やぎゅう》家と小野《おの》家から当主が出向き、江戸城内に設けられた武術場で稽古をつけた。

「ご辛抱《しんぼう》を」

そう言って、すばやく賢治郎は作業に戻った。

「ご免を」

髷《まげ》を手で集め、元結《もとゆ》いをかけて、家綱の身だしなみは終わった。

「今日は随分と急いだな。なにか話でもあるのか」

家綱が気づいた。

背中に刃物を持った者を立たせる。これは最大の信頼である。そして信頼ある者を腹心として使うのは、為政者の常であった。賢治郎をお髷番として以来、家綱はその作業の間、人払《ひとばら》いしていた。

「じつは……」

聡《さと》い家綱に隠しごとをしても無駄、いやかえって悲しませてしまうと学んだ賢治郎は、阿部豊後守から言われた内容を伝えた。

「まったく……」

聞かされて家綱は嘆息した。

「子供が欲しいだけではなかったと……」

家綱が苦笑した。

「賢治郎」

「はっ」

呼びかけられて、賢治郎は家綱の前へ回って膝をついた。

「そなたはどうだ。女は安らぎか」

「……であって欲しいとは思いまする」

「婿養子の本音だの」

率直な賢治郎の返事に、家綱がほほえんだ。

「女は愛《いと》おしいか」

「わかりませぬ」

賢治郎は首を振った。

「上様はいかが思《おぼ》し召《め》されまするか」

「愛おしいという感情がわからぬ」

まず家綱が否定した。

「躬《み》が御台を見るときに思うのが愛しいというものであるかどうか、他に比べる相手もないゆえはっきりせぬ」

「他のご側室方とでは」

「比べられぬな。側室どもはなにか違う」

家綱が眉間《みけん》にしわを寄せた。

「御台はよく顔も知らぬ躬のもとへ嫁いできただけだ。生まれも育ちも、それが当たり前であったから、躬に対して利害がない」

「はい」

将軍と御台所の婚姻は利害のうえに成りたつ。といってもそれは将軍や朝廷という立場の問題であり、家綱と顕子にはかかわりない。ただ男と女として出会っただけであり、そこからどう関係を作っていくかは、二人次第であった。三代将軍家光は、御台所とのかかわりを忌避した。それを見ていて捨てられた御台所の辛さを理解した家綱は、顕子への対応を柔らかいものとした。優しい夫にほだされない妻などいない。家綱と顕子の二人は、愛おしいというところまでいってはいないだろうが、良好であった。

「側室どもはな、抱いていても、目を見ると欲が浮かんでおる」

あからさまに家綱が頬《ほお》をゆがめた。

「欲……」

「躬の子を産みたいという欲じゃ。ただの側室で終わりたくないのであろう。最低でもお腹《はら》さま、できればお部屋さま、本音は世継ぎを産んでご母堂さまになりたい。それが露骨に出ておるのよ」

家綱が首を振った。

「いや、そうしろと命じられて、躬の側に侍《はべ》ったのであろうな」

「誰がそのような……上様に対し奉《たてまつ》り無礼な」

賢治郎が吐き捨てた。

「いろいろだろう。女の実家もあろうし、大奥から唆《そそのか》された者もおろう」

将軍の側室の実家は優遇される。手がついただけで、家格は上がり、無役は役付になる。子供が産まれれば、実家はその子の傅育《ふいく》を命じられることが多い。嫡男ならば次代将軍の外祖父として、大名も夢ではなくなる。

「大奥でございますか」

人でない大奥という場所が出たことに、賢治郎は疑問を呈した。

「わからぬか。大奥は将軍家の私である。いわば、躬が不要だと言えばそれだけで潰《つぶ》せる」

冷たい声で家綱が述べた。

「…………」

賢治郎は息をのんだ。

「大奥など要らぬ。御台所とその周囲の者だけでよいと、躬が思えばそうできるのだ。となれば、他の女中たちはどうなる」

「放逐されまする」

主君から要らぬと言われた奉公人の末路は哀れでしかない。即日江戸城を追い出され、明日から禄を失う。

「死活にかかわってくる。そうなっては困ろう」

「はい」

家綱の意見に、賢治郎はうなずくしかなかった。

「そうならぬよう、躬に女をあてがい、その女をつうじて大奥を守る。大奥の古狸《ふるだぬき》たちが考え出した手よ」

辛辣《しんらつ》な口調で家綱が断じた。

「そんな女ばかりぞ。女を抱いているのか、欲望を押しつけられているのかわからぬ気になって当然。大奥へ足が遠のいてもしかたなかろう」

「お察し申しあげまする」

それ以外に言いようはなかった。

「欲の目で躬を見ぬ。そんな者がおれば、手元におきたい」

家綱が告げた。

「大奥にそなたが入れればな。だが、大奥は男子禁制」

賢治郎を見ながら、家綱が話した。

「わたくしの代わりのできる女でございますか」

「うむ。そう阿部豊後に伝えよ」

「承りましてございまする」

深く賢治郎は平伏した。

三

お髷番の仕事を終えてしまえば、賢治郎は御座の間から離れてもよかった。賢治郎は、御座の間を後にして、阿部豊後守のもとへと向かった。

「豊後守さまへお目にかかりたい。小納戸深室賢治郎でござる」

賢治郎は御用部屋の前に座っている御用部屋坊主へ頼んだ。

「かなうかどうかはわかりませぬ」

冷たく御用部屋坊主が言った。

「これを……」

懐から紙入れを出した賢治郎は、なかから一分金《いちぶきん》を摘《つま》みだし、御用部屋坊主へ差し出した。

「白扇をお持ちでございまするか」

受け取らず、御用部屋坊主が訊いた。

「あるが」

金を差し出した姿勢のまま、賢治郎は首肯した。

「その白扇に挟んでいただきたく」

裸で金を渡すのではなく、こうしてくれと御用部屋坊主が述べた。すなわち、金のやりとりを白扇でごまかしたいのだ。

「気づかなかった」

言われたとおりに、賢治郎は金を白扇の間に挟み、そうしてから差し出した。

「ありがたく」

押しいただいてから、御用部屋坊主が懐へしまった。

「しばしお待ちを」

機嫌良く、御用部屋坊主が襖《ふすま》の奥へと消えた。

「めんどうな」

一人残された賢治郎は愚痴《ぐち》を漏らした。

御用部屋坊主に代表されるお城坊主が、金に細かいことは知っていた。しかし、こう見栄を張るとは思わなかった。

「どうやって受け取ろうが、金は金ではないか」

賢治郎は嘆息した。

「すぐにお見えになりまする」

そこへ御用部屋坊主が戻ってきた。

「かたじけない」

礼を述べて、賢治郎は少しだけ離れたところで、阿部豊後守を待った。

小半刻も待つことなく、阿部豊後守が御用部屋から出てきた。

「こちらへ来い」

賢治郎を促して、阿部豊後守が少し離れたところへと歩いた。

「たわけ者が」

足を止めた阿部豊後守が開口するなり、賢治郎を叱りつけた。

「あとで屋敷まで来ればよいであろうが。儂《わし》を呼び出すなどするから……」

そこまで言って、阿部豊後守が頭を小さく動かした。

その意味を理解した賢治郎は、周囲へ目をやって、驚いた。

「……うっ」

先ほどの御用部屋坊主はもとより、付近にいる役人たちが賢治郎と阿部豊後守を注視していた。

「目立ったぞ、そなた」

阿部豊後守が止《とど》めを刺した。

「小納戸と老中では、どう見ても接点はない。まあ、そなたは伊豆守のお気に入りであったから、すでに衆目を集めていたのはたしかだが、それも伊豆守の死で終わったはずであった。それなのに、伊豆の死から日も経《た》たぬというに、儂と会った。これは、よいことではない。軽いと見られたぞ、そなた」

「……申しわけございませぬ」

詫びながらも賢治郎はうつむかなかった。

「……変わらず馬鹿なままよな。だからこそ、伊豆は気に入っておったのだが」

苦笑を阿部豊後守が浮かべた。

「そなた己の評判などどうでもよいと思っておろう」

「はい」

強く賢治郎は首を縦に振った。

「ああやってこちらを窺っている者たちに聞かせてやりたいの」

阿部豊後守がため息をついた。

「まさに家臣の鑑《かがみ》である。だが、それはよろしくないのだ」

「なぜでございましょう。旗本は上様の為だけにありまする。己の名前など、上様のお大事の前には塵芥《ちりあくた》も同然」

わからないと賢治郎が問うた。

「まちがってはおらぬ。旗本全部がそうあれば幕府は千年でももつ。しかし、そうではない。皆、生きておるし、欲もある。少しでも他人よりよい生活をしたい、子供に財物を残してやりたい。それが人というものだ」

「わかりまする」

賢治郎の周囲に、その手の願望を持つ者は多い。

「役人はほとんどが、そうだ。人というものは、己の尺度でしか他人をはかれぬ。欲にまみれた者に、高潔な思いなど理解できぬ。つまり、そなたの行動は、伊豆がだめになったから儂へ乗り換えただけにしか見えぬ。そして、それはそなたを重用しておられる上様の悪評となる」

「上様の悪評と仰せられまするか」

さっと賢治郎は顔色を変えた。

「そうだ。あのような尻の軽い男を側近くに置かれたうえ、寵愛《ちょうあい》なさっている。上様は人を見抜く目をお持ちではないと侮られる」

「上様に対し奉り、な、なんということを」

賢治郎が憤慨《ふんがい》した。

「怒るところが違う。己の浅慮《せんりょ》を反省せぬか」

「そうでございました」

頭に上っていた血が一気に下がった。

「上様のお側にいることへの心構えは、伊豆守を思い出せ」

阿部豊後守が助言した。

「心に留め置きまする」

「そなたのことではなかったな」

一礼する賢治郎に、阿部豊後守が話を戻した。

「上様にお伺いしたのか」

「はい。さきほど……」

　詳細を賢治郎は語った。

「……そうか。愚かな者どもよな」

　女の目が欲望に染まっているという家綱の感想を聞かされた阿部豊後守が、吐き捨てた。

「人から欲を取れば、何も残らぬ。欲があればこそ、人は生きようとするし、より高みを目指す。儂は欲を否定せぬ。だが、それをさとられぬように隠せぬようでは、話にならぬ。欲をあからさまに見せつけるのは、獣と同じ。外面だけでも取り繕《つくろ》えぬようでは、使いものにならぬ」

　厳しく阿部豊後守が切り捨てた。

「少し灸《きゅう》をすえねばならぬな」

「…………」

　賢治郎は無言で同意を示した。

「上様の好みの容姿の女をと考えたが……ふむ」

しばし思案していた阿部豊後守が、小さくうなずいた。

「少し心当たりもある。女のことは任せよ」

「お願いいたしまする」

ほっと賢治郎は肩の力を抜いた。女のあてなどないのだ。心根の優しい女を探せなど言われても、どうしようもない。その役目がなくなったことを賢治郎は喜んだ。

「代わりに……」

阿部豊後守が、賢治郎をじろりと睨《にら》みつけた。

「そなたには、別のことをさせる」

「なんでございましょう」

賢治郎は思いあたらず、首をかしげた。

「上様が新しい側室を探しておられる。儂がそう噂《うわさ》を流す。流さなくとも……」

ちらと阿部豊後守が御用部屋坊主へ目をやった。

「わかった。たしかに上様のご寵愛を受ける女が少ないとは思っておった。上様のお望みとあれば、新しき側室を用意せねばなるまい」

わざとらしくないていどに声を大きくした阿部豊後守がしゃべった。

「上様のお好みの女の子細も承った。儂も探すが、そなたも思いあたる女《おなご》がおれば、教えてくれ。上様のご信頼厚きそなたの口利きならば、まちがいないであろう。いや、ご苦労であったな」

阿部豊後守が、賢治郎だけに見えるように、口の端をゆがめた。

「……なにをなさる」

言葉の意図に気づいた賢治郎は、阿部豊後守を詰問《きつもん》した。

「上様を本当にお癒しできる女を無事大奥へ入れねばならぬ。しかし、先に周囲の状況を整えてからでなければ、あっさりと潰される。大奥は伏魔殿《ふくまでん》だ。表の力は及ばぬ。なにせ、男は上様以外、自在に出入りできぬからな。新しい側室として儂が送りこんだ女を殺しても、その裏を調べられぬ。目付でさえ入れぬゆえ。そうならぬよう、大奥で新しい側室を守る体制を作るのが先決。そして、体制ができるまで他人に気づかれては、意味がなくなるでな」

「わたくしは囮《おとり》、いや目くらましだと」

「気づけるていどには成長したようだ。では、儂は御用へ戻るぞ」

阿部豊後守が笑い顔で、背を向けた。

「……はあ」

賢治郎は盛大にため息をついた。

四

家綱が新しい側室を求めたという噂は、一日で江戸城を駆け巡った。

噂は大きく分けて二つの反応を引き起こした。

一つは、なんとかして己とかかわりのある女を側室にしたいと考える者たちであった。

そしてもう一つは今現在側室となっている者と深くかかわっている者たちであった。

最初の女を探そうとした者たちは、早速その日から手配に動き出したが、もう一方は動くどころの話ではなかった。

「なぜ上様のお心をつなぎ止めておけぬのだ」

大奥上臈《じょうろう》松露《まつろ》が、家綱の手がついた女たちを呼び集めて叱りつけた。

「申しわけございませぬ」

側室たちが詫びた。

三人の女が、家綱の手つきであった。が、まだ子を産んだわけでもなく、家綱から局《つぼね》を与えるとの諚《じょう》も出ていない。正式には側室と呼ばれる身分ではなく、中臈《ちゅうろう》であった。

「そなたたちが上様のご寵愛を受けるように、うまく立ち回れば、このようなことはならなんだものを」

上臈が怒りを露《あら》わにした。

「少なくともわたくしは、誠心誠意上様へお仕えいたしましてございまする」

中臈の一人が声をあげた。

「わたくしも」

「もちろんでございまする」

残った二人も言いつのった。

「ならばなぜ、上様は大奥へお出《い》ででないのだ。新しい女をと言われたのはなぜじゃ。そなたたちが気に入らぬからであろう」

松露が怒鳴りつけた。

「そういえば、世津《せつ》さまは上様よりお叱りをいただいたと聞きましたが」

最初に口を開いた中臈が告げ口をした。

「な、なにを。作倉《さくら》さまこそ、閨の最中に上様へ実家のことをお頼みしたとか」

言われた世津が、言い返した。

「そのような……」

中臈たちが互いに責任をなすりつけ合った。

「やめんか。みっともない。そのような有様《ありさま》では、たとえわたくしが男であっても、そなたたちを侍らせたいとは思わぬぞ」

あまりの体《てい》たらくに松露があきれた。

「………」

「……はい」

世津と作倉が小さくなった。

「佐波《さわ》。どうした」

松露がじっと黙っている最後の一人の中臈へ声をかけた。

「はい。わたくしのどこがいたらなかったかを省みておりました」

佐波が答えた。

「うむ。その言やよし」

大きくうなずいて松露が褒めた。

「そなたらも佐波を見習え」

松露が世津と作倉へ言った。

「たった一度だけ、上様のお側へ呼ばれただけでございますぞ」

世津が佐波など相手にする意味などないと否定した。

「さようでございまする。そもそもここで同席できるような身分の者でもございませぬ。上様のご寵愛も浅いようでございまする。このような者がおるから、上様のご機嫌を損ねたのではございませぬか」

先ほどまで言い争っていたことを忘れたかのように、作倉が世津に加勢した。

「愚か者が」

情けないという顔で、松露が二人を見た。

「上様のご寵愛が一度だけ。この者は上様に取ってどうでもよい相手であったかもしれぬ。ならば、今回、上様が今のそなたたちへ抱《いだ》いた不満から、新しい側室をお求めになるとの原因は、この者ではないな」

「あっ」

「えっ」

世津と作倉が顔を見合わせた。

「そなたたちが原因であろうが」

ひときわ厳しい声を松露が出した。

「もうよい、そなたたちでは話にならぬ」

松露が手を振った。

「ご上臈さま……」

「松露さま……」

二人がすがろうとした。

上臈とは大奥で御台所に次ぐ地位である。ほとんど御台所が飾りであることを考えれば、大奥実質の支配者といえた。その格は表の老中に等しいとされ、将軍の手がついたていどの中臈はもちろん、男子を産んだお部屋さまでも遠慮しなければならない相手であった。

「妾《わらわ》は下がれと言ったはずだぞ」

冷たい目で松露が二人を見た。

「は、はい」

慌ただしく女たちが立ちあがった。

「ああ、佐波、そなただけ残るように」

「はい」

「…………」

「なぜ」

首肯した佐波に、世津と作倉が憎しみの籠《こ》もった目を向けた。

「さっさと出ていかぬか」

松露がもう一度手を振った。

無念そうに出ていく二人を見送って、松露が佐波を見た。

「そなた親元は」

「九条《くじょう》家家来加藤《かとう》右《う》衛門《えもんのじょう》尉が娘でございまする」

佐波が偽りの身分を告げた。佐波は紀州頼宣から家綱殺害のための切り札として大奥へ送りこまれた根来者であった。

「公家衆《くげ》であったか。御台所さまのかかわりで大奥へ」

松露が問うた。

京の公家は高い官位を与えられるが禄は少ない。五摂家《ごせっけ》でようやく一千石をこえるていどでしかない。これは幕府が、権威を持つ公家たちに力を蓄えられては困るため、わざと低く抑えた結果であった。

そうなると従《じゅ》六位以下の下級公家など数十石あるかないかというところだ。どう考えても喰えなかった。

となると跡継ぎ以外の子供をどうするかは、大きな問題となった。とくに娘の行き先に困った。嫁にいければよいが、公家の数には限界がある。そしてあぶれた娘たちは、己で喰えるようにしなければならなくなる。女が自力で喰う方法など知れている。奉公に出るか、妾になるかだ。ほとんどの娘は妾より奉公を選ぶ。そのとき、幕府大奥という奉公先は、給金の良さと、出自だけである一定の出世が保証されているのもあり、人気が高かった。かといって、いかに公家の娘とはいえ、いきなり大奥へ奉公へあがれるわけもなく、伝手《つて》を頼らなければ難しい。そのもっとも太い伝手が、伏見宮の姫、御台所顕子であった。

「いいえ。遠縁にあたります旗本の小川幾ノ丈《おがわいくのじょう》の伝手で」

佐波が首を振った。

「そうか。ところで」

納得した松露が一度言葉をきった。

「隠さず答えてもらいたいが……上様は男としてお役に立つのであろうな」

小声で松露が訊いた。

「……上様はご立派なお方だと思いまする。と申しましても、他の男の方を存じませんので……」

少しだけ顔をうつむかせて、佐波が述べた。

「そうであったな」

松露が納得した。

家康のころは乱世で夫を失った寡婦が多かったというのもあり、側室の条件はただ一つだけであった。すなわち、将軍の気に入るかどうかであった。

だが、それも代を重ねると変わってきた。将軍の気に入るかどうかというのは、大前提としてあるが、その前に処女でなければならなくなった。その理由は、血筋の保護にあった。護にあった。将軍の手がついたとき処女ならば、妊娠しても他の男の胤《たね》ではないという保証がある。でなければ、他の男の子を孕んだまま大奥へあがり、出産したと疑われかねない。

家康の血を引いた者だけが将軍となれる。これは絶対破ってはいけない金科玉条《きんかぎょくじょう》である。

もし、将軍の父親について疑義が出れば、幕府は大きく揺らぐ。いや、倒れる。まず、旗本や譜代大名が言うことをきかなくなる。そのうえ御三家ご家門が、吾《われ》こそ正統なりと、勝手に将軍を名乗り出し、その将軍候補に大名たちがつく。となれば、話し合いで決着がつくはずもなく、戦いが始まってしまう。ようやく終わった乱世がふたたびこの国に吹き荒れることとなる。

これらを防ぐため、将軍の血の正統は守られなければならなかった。

「閨御用のとき、何度お放ちになられたか、わかるか」

「……二度だと」

消え入りそうな声で佐波が答えた。

「二度か。ふむ。なかなかお気に召したと考えるべきだな。といっても男は気に染まぬ女でも抱けるというが」

少し悩むような顔を松露がした。

「その後のお召しはないというが、そなた上様の御用を務めたのはいつじゃ」

「二十日と少し、一月《ひとつき》にはならぬと思いまする」

佐波が思い出すようにして言った。

「となると、御台さまを除いた側室のなかで、最後のお相手はそなたじゃな」

松露が手を打った。

「よかろう。そなたを大奥は推そう」

「なんのことでございましょう」

言われた佐波が首をかしげた。

「新たな側室を探さずとも、すでによき者が大奥にはおる。それを上様にお知らせするだけじゃ」

「わたくしを……」

佐波が目を剝いた。

「そうじゃ。そなたを上様の側室とし、お子さまを孕ませて見せる。誰かある」

大きな声を松露が出した。

「お呼びでございましょうか」

すぐに襖が開いて、大奥女中が顔を出した。

「うむ。医師どもを呼べ」

「本道でございましょうか」

大奥女中が尋ねた。

「産科に詳しい者をだ」

「はい」

命じられた大奥女中が下がっていった。

「わたくしはどのようにいたせば」

おずおずと佐波が問うた。

「局を一つ与える」

「……局を」

佐波が驚愕した。

局を与えられるのは、将軍の子を産んだ側室か、生涯お手つきとならない清の中臈以上の女中とされている。なかには、中臈以上でも局を持たない者がいたり、子を産んでいないにもかかわらず、将軍の寵愛が深いか、出自が京の名門公家だったりすることで、格別に与えられることもある。厳密な区分けではないが、局を持つ、持たないで大奥内の序列は大きく変わった。

「わたくしごときが、局をいただくなど」

とんでもないと佐波が首を振った。

「気にするな。これもいわば道具立てなのだ。上様をそなたのもとへかよわせるな」

口の端を少し松露があげた。

「道具立てでございますか」

「そうじゃ。局を与えるかどうかは、我ら上臈が決め、御台所さまへお許しを願う。そののち、表役人へ局作製の手続きを命じる」

局を作るということは、金がかかる。下働きの女中の給金、家具や夜具などの代金、食料の現物支給など、いろいろな手続きをすませないと何一つ手配されないのだ。その手配は、大奥ではなく、御広敷という表役所の仕事であった。

「当然、手続きを依頼された御広敷は、ことの次第をいろいろなところへ報告する。勘定奉行であったり、目付であったりな。もちろん執政のもとへも話は回る。そうなれば阿部豊後守どのの耳にも入ろう。大奥があたらしい局を開く。その意味するものをわからぬ阿部豊後守どのではない。すぐに上様へ確認するはずじゃ」

「わたくしのことが上様に」

佐波が息をのんだ。

「そうだ。一度手を付けただけとはいえ、問われれば上様はすぐにそなたのことを思いだそう。思い出していただければ、お声もかかる。大奥までお見えいただければ、あとはどうにでもできる。そなたを絶世の美女に装って、上様の閨へ侍らせるなど簡単なことだ。あとは、わかっておろうな」

確認するように、松露が佐波へ問うた。

「わたくしが誠心誠意、上様へお尽くしする」

「そうだ。上様を愛しいお方として、仕えよ。よいか、実家や仮親のことなど思い出すな。ただ上様を唯一無二の男とし、女として尽くせ」

松露が念を押した。

「それはわかっておりまする」

佐波が首肯した。

「ならばよい」

満足げに松露がうなずいた。

「一つお伺いいたしてよろしゅうございましょうか」

「なんじゃ」

質問を松露が許した。

「産科の医師をお呼びになられたのは……わたくし、まだ懐妊はいたしておりませぬ」

疑問を佐波が口にした。

「わかっておるわ」

松露が小さく笑った。

「産ませるのがうまい医者ならば、孕ませる方法も知っておろう。どうやれば、そなたが上様のお胤をその腹に宿せるか、それを問うためじゃ」

「…………」

佐波が黙った。

「お呼びとうかがいましたが」

襖の外から男の声がした。

「医師か、開けてよい」

入室の許可を松露が出した。

「この者は上様のお側に侍る中臈佐波である。ついては、この者に上様のお胤をお留めする法を施すように」

「……なかなかに難しゅうございまする。男女の精が相和して形をなすには、天地人すべての気がそろわねばなりませぬ。人の手の及ぶところではありませぬ」

医師が断った。

「少しでもかまわぬ。なにかやりようはあろう」

「ないわけではございませぬが」

食い下がる松露に、医師が悩む振りをした。

「うまくいかずとも、とがめ立てはせぬ。吾が名に誓おう。そして、思いどおりにこの者が懐妊いたしたならば、望みのままに褒賞を与えると約束する」

「失敗しても咎めず、うまくいけば望みのままの褒賞でございますか」

医師が念を押した。

「そうじゃ」

松露が肯定した。

「では、うまくいきましたときは千石と典薬頭《てんやくのかみ》の地位を」

「そのていどでよいのか。簡単なこと。そうじゃ、もしお世継ぎができたならば、医師初の大名としてくれよう」

「大名……」

褒賞の大きさに、医師が絶句した。

幕府医師の最高峰は、戦国の名医曲直瀬道三《まなせどうさん》の血を引く半井《なからい》家と今大路《いまおおじ》家である。ともに典薬頭を世襲しているが、半井家で一千五百石、今大路家で一千二百石でしかなかった。

「わかりましてございまする」

医師が身体を松露から佐波へと向きなおした。

「月の障りは、規則正しゅうございますか」

「だと思いまする」

佐波が返事をした。

「最後の月の障りはいつでございましたか」

「三日前に始まったところでございまする」

恥じらいながら佐波が告げた。

「結構でございまする。では、お裾《すそ》を開いてくださいますよう」

「裾を……」

「開け。相手は医師じゃ」

戸惑う佐波に松露が厳しく言った。

「……はい」

おずおずと佐波が足を開いた。

「ごめんを」

裾を大きくはねのけて、医師が佐波の股間を覗《のぞ》きこんだ。

「どうじゃ。うまく上様のお胤を受けられそうな女陰か」

医師の後ろから松露が身を伸ばした。

二人の目が佐波の顔からはずれた。

「………」

身も世もないとばかりに恥じらっていた佐波が冷笑を浮かべた。

家綱側室を求めるとの話は、間を置かず紀州藩主頼宣の耳にも届いた。

「ふむ。佐波に手がついたと聞いたが、家綱の好みではなかったか」

頼宣がなんの感情もこもらない声で言った。

「お渡りは一度だけだったそうでございまする」

三浦長門守が追加した。

「一回目で殺さなかったのか、佐波は」

あきれた顔を頼宣がした。

「かつて関ヶ原の合戦が終わったとき、黒田官兵衛《くろだかんべえ》は東軍に加わって手柄を立て、神君家康さまから褒められたと自慢する息子長政《ながまさ》へ言ったそうだ。家康さまが吾が右手を取って喜んでくれたと報告した長政へ、そのときそなたの左手はなにをしていたとな。これは、左手で懐刀を抜き、家康さまを刺せとの意味だ。すなわち、好機とは二度とないものであり、それを逃せばもう巡ってこないのだ。それを佐波は理解していなかったようだな」

「初めての閨御用であったためか、かなりの警戒で、身に何一つ纏《まと》うことさえ許されなかったとか」

かばうように三浦長門守が述べた。

「争った経験さえない将軍ぞ。その身体と肌を接するまで近づいておきながら、なにを言うか。根来の女は、素裸で男を殺すくらいできよう。武器がなくとも、己の拳《こぶし》、足、歯があろう。喉《のど》を潰す、男の徴を嚙《か》みちぎるなど、やりようはいくらでもあったはずぞ」

大きく頼宣がため息をついた。

「まあよい。今さら言ったところで、しかたない。佐波も手立ての一つでしかないからな」

「そのことでございますが」

話を変えようとした頼宣を、三浦長門守が止めた。

「なにかあるのか」

「昨夜、佐波より繫《つな》ぎがございまして」

佐波からの連絡は仮親の旗本小川幾ノ丈をつうじておこなわれるため、どうしても遅れがちにはなる。しかし、これも外と隔絶している大奥では、いたしかたないことであった。なにせ、親元あるいは仮親でないと、手紙のやりとりさえ認められない。

「大奥では、佐波に局を与え、正式な側室とするつもりのようでございまする」

「ほう」

頼宣が興味を示した。

「佐波の正体がばれたわけではないのだろうな」

「それは大丈夫かと」

三浦長門守が保証した。

「知られれば、さすがに無事ではすまぬな」

いかに大奥が家綱では不都合だと感じていても、将軍へ害を及ぼすわけはなかった。大奥へは男が入れないとはいえ、将軍になにかあればそのような慣例は吹き飛ぶ。もし、大奥で将軍が殺されるなどあれば、すべての女中は無事ですまなかった。少なくとも、上臈ら、大奥を差配する者はまちがいなく死を命じられる。

「佐波が裏切ったということは」

「それも大丈夫かと」

重ねての問いも三浦長門守が否定した。

「もしそうなれば、今ごろ、殿は大目付の来訪を受けておられましょう」

「御三家とはいえ、紀州藩も大名でしかない。大目付の取り調べを拒むことはできなかった。

「だが、根来は光貞を選んだぞ」

氷のような声を頼宣が出した。頼宣は根来者が年老いた己より、若き次期藩主光貞へ忠誠を捧《ささ》げたと知っていた。

「あれからさほどときは経っておりませぬ。佐波は国元から出された者。江戸の根来が殿に逆意を抱いても、国元へその影響が及ぶには日数が要りまする」

「江戸と和歌山の往復だな」

「はい。それと根来組の意思統一に数日はかかりましょう」

「往復で十日。意思統一に三日、江戸へ戻って大奥の佐波へ連絡するまでそれだけかかるな。ふむ」

すばやく計算した頼宣が、腕を組んで思考に入った。

「佐波の親元は京の公家だったな。あやつは大事ないな」

「はい。金で黙らせてございまする」

「江戸の仮親はどうだ」

「あれは吾が三浦家の家臣の遠縁に当たりまする。もちろん、利でも釣ってございますれば」

頼宣の懸念を三浦長門守が払った。

「ならばよい」

首肯した頼宣が、表情を引き締めた。

「長門、上様に子ができては面倒になる。佐波に命じておけ。次の閨御用で仕留めろと」

「承知いたしましてございまする」

「念のために……佐波の親を抑えておけ」

「ただちに手配を」

三浦長門守が受けた。

「あと、小納戸を呼んでおけ。そうだな。飯でも喰いに来いと」

「小納戸を……」

怪訝《けげん》な顔を三浦長門守がした。

「探りを入れるのだ。佐波と余のかかわりを消すためにな。上様に新しい側女《そばめ》を献上するとして、小納戸から詳しく話を訊く。そうして、女を探す。これは佐波のじゃまをする形となろう。もちろん、振りだけだ。だが、こうして動いてやれば、佐波と紀州が繋がっているとは誰も思うまい」

「なるほど。仰せのとおりでございまする」

「いや、実際に探して大奥へ入れるのもいいか。さすれば、余を疑っている阿部豊後あたりの目が佐波からはずれる」

「さすがでございまする」

聞いた三浦長門守が感嘆した。

「上様と光貞か、二つを相手するのは疲れる。余も老いたわ」

頼宣が嘆息した。

「なれば、まずは一つ潰すだけよ。そろそろ馬鹿が動き出すだろう。先を見ることに必死となり、足下を疎《おろそ》かにしている愚か者たちが。走狗《そうく》は走狗でいればいい。己で主を選ぶ犬など不要じゃ」

重い声で頼宣が宣した。

第四章　お家騒動

一

賢治郎は二つの目に見張られていた。一つは根来者《ねごろもの》、そしてもう一つが黒鍬者《くろくわもの》であった。

「あれは何者だ」

最初に相手に気づいたのは根来者であった。忍《しのび》として周囲の気配を感じることに優れた根来者は、賢治郎の後を付けている黒鍬者をあっさりと見つけた。

「尻端折《しりはしょ》りした素足に草鞋《わらじ》履きで、脇差一本だけ。黒鍬者だな」

すぐに根来者は正体を見抜いた。

「黒鍬者が江戸の道を歩くになんの不思議もないが……どう見ても小納戸の後をつけているな」

「ああ」

商人姿に扮《ふん》した二人の根来者が首をかしげた。

「黒鍬者か。よくわからぬな」

根来者が嘆息した。

「忍ではなかろう。あまりに技が拙《つたな》い」

もう一人の根来者が言った。

「逸《いつ》の言うとおりだ。まあいい。気にだけ留めておこう。我らのじゃまとなるようならば……」

「殺せばすむ」

二人の根来者が顔を見合わせて笑った。儲《もう》け話をしている商売人としか見えない二人組へ、黒鍬者の目がつけられた。

「安兵衛《やすべえ》」

「うむ。あの二人づれの商人だな」

黒鍬者が小声で話した。

「我ら同様、小納戸のあとをつけているか」

「そう見えるな」

「足運びが商人のものではない」

「だな。道のでこぼこをまったく気にしていない。普通ならば、穴にはまらぬよう足下を見るものだ」

江戸の道を知り尽くしている黒鍬者は、そこを歩く者の癖を見抜くのにも長《た》けていた。

「忍か」

「であろうよ。問題は、どこの者かということだ」

安兵衛が述べた。

「伊賀か甲賀か」

「違うぞ、三郎太《さぶろうた》」

忍の名前をあげた三郎太へ安兵衛が首を振った。

「どこの誰に雇われているかだ」

「なるほど。館林さまではないな。我らがおる。となれば、甲府さまか」

三郎太が理解した。

「のちほど確認せねばならぬな。小頭からご家老さまに問い合わせていただくとしよう。今は小納戸がどこへいくのかを見届けねばならぬ」

「だの」

二人の黒鍬者も顔を見合わせてうなずき合った。

賢治郎は紀州家上屋敷へと向かっていた。

「昼餉《ひるげ》をともに」

そう頼宣から誘われたからである。

武家には門限があった。もっとも、泰平が続いたことで、門限も従来ほど厳しくなく、親戚筋あるいは目上からの求めであれば黙認されるようになっていたとはいえ、昼餉に人を招くのが常識であった。

「下城のおり、当家へ立ち寄られたし。土産《みやげ》などの気遣いは不要」

賢治郎の予定を把握した頼宣の招待を断るわけにはいかなかった。

「よかった」

今度はさすがに大門は開いていなかった。

「小納戸深室賢治郎でございまする」

門脇に立っている足軽へ、賢治郎は名乗った。

「承ってございまする。しばし、お待ちを」

門番足軽が潜《くぐ》り門《もん》からなかへ消えた。

しばらくして、大門が少しだけ引き開けられた。

「どうぞ」

門番足軽が促した。

「かたじけなし」

さすがに主《あるじ》の客を潜り門からとおすわけにはいかなかった。かといって大門を引き開ければ、他人目《ひとめ》を引くことになる。

「内密の話をしたいとお望みか」

前回と違う対応が、今回の呼びだしの意図を表していた。

「お招きいただきまして」

昼餉の席はなんと庭に用意されていた。こうすれば、同席する身分の問題は無視できた。

「野点《のだて》と弁当じゃ。固くなるな」

毛氈《もうせん》の上に座って頼宣が応えた。

「座れ」

「遠慮なく」

賢治郎は従った。

「飯を喰う前に話をすませようか。そのほうが、うまいであろう」

「ご用件をうかがいまする」

頼宣の言葉に、賢治郎は同意した。

「上様が新しい寵姫《ちょうき》をお探しと聞いた」

「……相変わらず、お耳が早い」

賢治郎は驚愕《きょうがく》した。

「感心するほどのことではないと前も申した気がするぞ。城中での噂は、翌日には江戸のすみずみまで拡《ひろ》がっておる。金さえ出せば、その日のうちに知るのも無理な話ではない」

「なんとも情けなき」

江戸城へ勤める役人たちの矜持《きょうじ》のなさに、賢治郎は嘆いた。と同時に、阿部豊後守の策がはまったことを感心していた。

「人は生きていかねばならぬからな。そして泰平が続けば、金がないと生きづらくなる。これが平穏の罪である」

「平穏の罪……」

「そうじゃ。泰平はよいことばかりではない。いつ死ぬかわからぬ乱世と違い、命の心配はほぼない代わりに、人の欲が際限なく拡がる。生き死にをやっている間は、綺《き》麗《れい》な着物を身につけたいとか、豪勢な食事をしたいとか思う暇がない。おかげで金にそれほど執心せずともすむ。これは余裕のなさでもある。人として花を愛《め》で、季節を感じるだけの心がもてぬ。すなわちすさんでいる。対して泰平は余裕が生まれる。しかし、その余裕を謳歌《おうか》するには、金が要る。金こそ至上となる。これも乱世とは違った意味での、すさみだな」

「……………」

天下を統《す》べている将軍の側近として、今の世がすさんでいるという節にはうなずきかねる。賢治郎は沈黙した。

「ここで天下国家を論じても意味はない。さて、深室。上様のお好みはどのような女《おなご》であるか」

「えっ」

賢治郎は目を見張った。

「なにを不思議がっておる。上様のご希望をかなえるのが、家臣たる者の務めであろう。さいわい紀州家は、京との繋《つな》がりも深い。上様のお好みがわかれば、それに合う女を手配するくらいは容易《たやす》い」

自慢げに頼宣が言った。

「さようでございましたか」

納得した風を装いながら、賢治郎は即答を避けた。

頼宣が将軍の座を欲していることはわかっている。その頼宣が家綱に世継ぎを作らせるかも知れない女を用意するというのだ。すなおに信用するわけにはいかなかった。

それこそ、女という名前の刺客《しかく》を送りこみかねないと賢治郎は警戒した。

「せっかくのご厚意ながら、側室のことは阿部豊後守さまが差配なさると決まりましてございまする」

「豊後が……」

わずかに頼宣が眉をひそめた。

「はい。上様から直接お許しをお受けになられておりました」

「なるほど。そなたその場にいたのだな」

頼宣の目が光った。

「どうやってそのような結論にいたった」

鋭く頼宣が問うた。

「……」

一瞬だけ、賢治郎は迷った。

「上様のお望みでございました」

賢治郎は話す気になった。

「お望みだと」

頼宣が怪訝《けげん》な顔をした。

「豊後に女の善《よ》し悪《あ》しがわかるとも思えぬぞ。なぜそうなった」

首をひねりながら、頼宣が賢治郎に先を促した。

「上様がこのようなことを……」

思いきって賢治郎は、家綱が女の目が怖いと話したことを語った。

「ふむうう」

頼宣が唸《うな》った。

「深室よ。そなたは娘婿であったな」

「はい」

なぜそう訊《き》かれたのかわからないまま、賢治郎は首肯《しゅこう》した。

「ならば無理もないか。婿養子はいわば雇われるほうだからな」

「雇われる……」

婚姻に似つかわしくない表現であった。賢治郎は疑問を抱いた。

「男と女の関係はな、主従によく似ている。とくに正室でない者はそうなる。側室たちは雇われているつもりでおる。刀を持って戦場で戦う代わりに、枕を抱いて閨《ねや》で奉仕をする。奉公の形が違うだけで、同じなのだ。男がよき主に仕え、認められて出世したいと思うのと同様、女もそう願っている。当然、少しでも己のことを認めてもらおうとする。それが雇われる者の本質だ」

「なんとも」

賢治郎は嫌な顔をした。

「滅私奉公などを期待するな」

冷たく頼宣が叱った。

「人は欲があればこそ生きている。わたくしにはなにも要りませぬと言う輩《やから》を信用するな。もちろん、欲深い者も同じだがな。そなたとて同じだ。もっともそなたの欲は、どうやって上様のお気に召すかということだろうが」

「欲のない者を信用するなとは……」

「言い換えよう。欲のない振りをしている者を信用するな」

頼宣が訂正した。

「まあ、山奥の寺で一人修行をしている坊主でもないかぎり、欲のない者はおらぬ。その欲を見抜いて使いこなすのが、主の仕事だ」

「見抜いて使うでございますか」

「そうだ。こればかりは歳《とし》を重ねねば難しい。まず己の欲を理解しておかねばならぬからの。まだ上様はお若い。相手の欲を嫌われる。潔白だけで、政《まつりごと》はしていけぬ。女の目に欲があるならば、それを利用して御《ぎょ》する。それくらいできなければ、大奥を制するのは難しい」

「大奥でございますか」

家綱の幼なじみでもあるお花畑番といえども、大奥へ足を踏み入れたことはなかった。

「女をあきるほど抱かねば、大奥の真の姿は見えぬ」

「あきるほどとは、毎夜いたせと」

賢治郎は問うた。

「そうだ。それもたくさんの女をな。容姿が違うように、心根も一人一人で異なるのだ。一人の女を百度抱いたところで、大奥を理解することはできぬ。それよりも百人の女を一度ずつ抱けばいい。女を少しは理解できる」

「わたくしには終生わかりませぬ」

小さく賢治郎は首を振った。

「当たり前じゃ。そなたていどの身分で、奥を構えることなどない。なにより婿養子であろうが。嫁が妾を許すまい。妾の子では、深室の血が入らぬからな」

笑いながら頼宣が言った。

「そなたのことは、どうでもよいわ。では、上様は、目に欲の映る女は要らぬと言われたわけだな。長門守、欲を隠せるだけの賢い女を見つけてこい」

同席している寵臣、家老三浦長門守へ頼宣が目で合図をした。

「なかなかに難しゅうございますが、なんとか探してみましょう」

三浦長門守が引き受けた。

「話はすんだ。よし、腹ごしらえじゃ」

頼宣が目の前に置かれた竹皮包みを解《ほど》いた。

「…………」

首肯して賢治郎も弁当を開いた。

「紀州家の戦陣食だ。にぎりめしが三つに焼き味噌《みそ》、大根の漬けものだけ。米も三分《ぶ》づきじゃ。よく嚙まねば腹が疲れるぞ」

笑いながら頼宣がにぎりめしにかぶりついた。

「ちょうだいいたしまする」

よほど武張《ぶば》った家でもないかぎり、今どき三分づきの玄米を喰うことなどない。毎日白米ばかりだった賢治郎は固い米に閉口した。

「若いくせになさけないの。儂《わし》などこの歳でも歯は丈夫じゃ。これくらいの固さがちょうどよい」

頼宣が歯を剝《む》いた。すでに頼宣は二つ目のにぎりめしに取りかかっていた。

「畏《おそ》れ入《い》りまする」

他に言いようがない。賢治郎は一つ目のにぎりめしへもう一度口をつけた。

「……うっ」

二つ目をほとんど食べ終わりかけたところで、頼宣の顔が苦痛にゆがんだ。

「殿」

相伴《しょうばん》していた三浦長門守が腰を浮かせた。

「毒……」

さきほどまで元気だった頼宣が、食事の最中に倒れる。原因は一つしかなかった。

「どかれよ」

駆け寄ろうとした三浦長門守を制して、賢治郎は頼宣の鳩尾《みぞおち》へ拳を撃ちこんだ。

「ぐえええ」

胃の腑《ふ》を突きあげるような一撃に、頼宣が嘔吐《おうと》した。

「なにをする。こやつを取り押さえろ」

三浦長門守が叫んだ。少し離れたところで待機していた小姓たちが走りより、賢治郎を取り押さえた。賢治郎は抵抗せず、押さえられるがままでいた。

「水を早く」

手を逆にきめられながらも、賢治郎は表情を変えることなく叫んだ。

「毒を吐かれたばかりでござる。水を胃の腑に入れて残った毒を薄め、もう一度お吐きいただかねばなりませぬ」

賢治郎は続けた。

「なにっ。……殿」

憎悪《ぞうお》の目で賢治郎を睨《にら》みつけていた三浦長門守が、頼宣の口元へ竹筒を添えた。

「殿、水を」

「うっ」

頼宣が呻《うめ》きながらも、水を飲んだ。

「殿、もう少しお飲みいただきませぬと」

三浦長門守が、さらに水を差し出した。

「うええ」

鳩尾をしたたかに撃たれたのだ、まともに息などできない。それでも頼宣は水を飲んだ。

「お吐きくださいませ」

頼宣の背中をさすりながら、三浦長門守が願った。

「…………」

無理だと頼宣が首を振った。

「なんとか」

「そ……」

頼宣が賢治郎を指さした。

「もう一度撃てと」

「…………」

確認する賢治郎へ、頼宣が首肯した。

「そのようなまねはさせられませぬ」

三浦長門守が首を振った。

「大納言《だいなごん》さまを死なせるおつもりか」

賢治郎が大声で怒鳴りつけた。

「胃のなかを空《から》にせねば、毒が回るぞ」

「……ううむう」

「ためらう間などない」

決断できかねている三浦長門守を、賢治郎が促した。

「やむをえぬ、放せ」

「しかし……」

藩士たちが戸惑った。

「責は吾が取る」

三浦長門守が決断した。

「はっ」

ようやく賢治郎は拘束を解かれた。

「腹の力をお抜きくださいますよう。最小の威力で撃ちまするゆえ」

そう告げると賢治郎はふたたび頼宣の腹を突いた。

「うげえええ」

盛大に頼宣が水を噴き出した。

「医師を早く」

賢治郎が指示した。

「殿を書院へ運べ。そっとだ」

続けて三浦長門守が命じた。

「はっ」

小姓たちが四人がかりで、頼宣を担ぎあげ運んでいた。

「深室どの、殿のご安全が確認されるまで、お留《とど》まりいただこう」

三浦長門守が告げた。理由の如何《いかん》はあれ、主君に暴力を振るわれたのだ。主君の許可あるまで、賢治郎を帰すわけにはいかなかった。

「明日の御用に差し支えなければ」

「……やむをえませぬな。それまではおつきあいいただこう」

将軍家の御用をじゃますることは御三家といえどもできなかった。

三浦長門守が賢治郎を客座敷へと先導した。

「しばしここでお待ちあれ。ご無礼のないようにな」

客座敷から三浦長門守が出ていった。もちろん、藩士を数名、賢治郎の見張りとして置いていた。

そのままかなりのときが過ぎた。

「殿がお呼びでございまする」

三浦長門守が戻ってきたのは、日が落ちてからであった。

上屋敷の居室で、頼宣は横になっていた。

「お加減は」

「……痛いわ」

寝たままで恨みがましい目つきを頼宣がした。

「それは申しわけなき……」

「だが、生きていればこそ痛いのよ。助かったぞ、深室。そなたは余の恩人じゃ。感謝しておる」

寝たままながら、頼宣が礼を述べた。

「いえ」

賢治郎はほほえんだ。

「しかし、よくしてのけたの」

頼宣が感心した。

「わたくしの剣の師匠が修験者《しゅげんじゃ》でございまして。山中でまちがえて毒草や毒きのこを口にしたとき己なら指で喉を押して吐くが、他人の場合は胃の腑を殴りつけて吐かせると言っておりましたのを覚えていただけでございまする」

厳路坊の顔を思い出しながら、賢治郎は答えた。

「殴るか。乱暴だな。指を入れればよいではないか」

「苦悶《くもん》している者の口に指を入れれば、噛みちぎられるおそれがあるとか」

「先人の言葉は役に立つな。いずれこの礼はする」

「お気になさらず。大納言さまを殴らせていただいただけで十分でございまする」

戦国最後の生き残りとして、神君家康公がもっとも愛した息子として、頼宣の名前は鳴り響いている。その頼宣の身体《からだ》に拳を叩きこんで生きている。それだけで偉業として誇れた。

「言いおるわ」

頼宣が苦笑した。

「そなたが紀州の藩士ならば、千石、いや二千石に値《あたい》する手柄である。褒美というのは、こちらが勝手に与えるものだ。いつになるかわからぬが、なんらかの形で報いよう」

「ありがとうございまする」

これ以上拒むのは、頼宣に対して無礼となる。賢治郎はすなおに受けた。

「長門守」

部屋の隅で控えていた三浦長門守を頼宣が呼んだ。

「はい」

「話せ」

「よろしゅうございますので」

三浦長門守が賢治郎を見た。

「こやつはもう余の一族みたいなものだ。まったく深室の婿でなければ、吾が孫娘を嫁にくれてやるものを」

　頼宣が許可した。

「台所の者一人が死にましてございまする」

「だけか」

「いいえ。他に小姓一人が行き方知れずとなっておりまする」

「小姓……あやつか」

「いいえ」

　確認に三浦長門守が首を振った。

「ほう。あやつ以外に光貞の手が入りこんでいたのか」

　氷のような目つきで、頼宣が三浦長門守を睨みつけた。

「違いまする。行き方知れずとなった者は、わたくしの息がかかっておりました。決してお世継ぎさまへすり寄るようなまねはいたしませぬ」

　強く、三浦長門守が疑惑を打ち消した。

「そやつはどうしていたのだ」

「野点の場の警固を命じてございました」

「ということは……」

「殺されたと考えるべきでございましょう」

三浦長門守が頬をゆがめた。

「台所役人も下手人《げしゅにん》ではないな」

頼宣が言った。

「なぜでございましょう」

賢治郎は首をかしげた。毒を入れるには調理した者がもっともやりやすい。

「わからぬか。さきほどの昼餉を思い出せ」

「昼餉はにぎりめしと漬けもの、味噌でございました」

騒動のおかげでにぎりめし一つしか食べられていない。賢治郎は空腹を我慢していた。

「余のものと同じであったろう」

「……はい」

そこまで言われれば賢治郎にもわかった。

「どれを余が食べるかなど、わからぬであろう」

「すべてに仕込んだというのは」

「ないな」

あっさりと頼宣が否定した。

「余が口にする前に、小姓が毒味をするからな」

「では、大納言さまのお口に入るものと決まってから……」

「だな」

「お小姓は、その場を見たと」

「おそらくさようでござろう。あの者には、野点の場を決して離れるなと命じておきましたゆえ」

賢治郎の言葉に、三浦長門守が首肯した。

「忠義ある者を一人失ったか。なにより痛いわ」

頼宣が辛そうに言った。

「小姓の身内には手厚くしてやれ」

「承知いたしておりまする」

三浦長門守が引き受けた。

いざというときの対応こそ、後々の宝となる。本来、行き方知れずとなれば、家は潰され、家族は放逐される。だが、そうしてしまえば、遺族が反発するだけでなく、他の家臣たちも頼宣のためにと動かなくなる。

「なにがあっても小姓の遺体を探せ。上屋敷からは出ておるまい」

死体が出てくれば、少なくとも行き方知れずという、武士にとって敵前逃亡にも等しい汚名は着なくてすむ。

「はい。明日日が昇りましてすぐにでも」

人の死体は重く、持ち運ぶには手間がかかった。まして、頼宣が野点へ来るまでの短い間に、殺して屋敷から運び出すのなど、まず無理であった。

「見張りは」

「上屋敷の塀際を固めておりまする。何人《なんぴと》も外へ出ることは許さぬと家中《かちゅう》へ通達もいたしておきました」

「よし」

報告に頼宣が満足げに首を縦に振った。

「大納言さま」

ひとしきり手配が終わるのを待って、賢治郎は口を開いた。

「なんじゃ」

「わたくしは屋敷へ戻らせていただきたく」

「そうであったな」

頼宣が同意した。

「長門守、何人か付けてやれ」

「わたくしの家臣から腕の立つ者を……」

「ご無用に願いまする」

賢治郎は断った。

「狙われるぞ」

頼宣が言った。

口にはしていないが、今回の騒動を起こしたのは根来者だとわかっていた。頼宣に毒を盛る。成功しなかったとき、頼宣が根来者に苛烈《かれつ》な報復をするのは当然であった。いわば、根来にとって大きな賭《かけ》だった。その賭に勝つ寸前、賢治郎がじゃまをした。賢治郎は、根来者にとって、憎んで余りある敵であった。

「上屋敷からは一人も外へ出されませぬな」

「もちろんだ。蟻《あり》の這《は》い出る隙間《すきま》もない」

問われて三浦長門守が答えた。

「ならば襲い来るとしてもたいした数ではございますまい。江戸に何人いるかは知りませぬが、中屋敷にも人を残さなければならぬはず。となれば、わたくしに割けるのは、知れておりましょう」

賢治郎は静かに怒っていた。

「よほど自信があるようだが、手強《てごわ》いぞ」

頼宣が懸念を表した。

「毒を遣うていどの輩、なにほどの敵にもなりますまい」

武士が刃《やいば》で負けるのは、己の修行不足を恨めばいい。だが、毒などという卑怯《ひきょう》な方法は禁じ手であった。

氷のような冷たい口調で、賢治郎は断じた。

「それよりも大納言さまの御身《おんみ》こそお気を付けいただきませぬと」

「わかっておる。報復される前に、殿のお命を奪わねば終わりだからな、あやつらは」

三浦長門守も憤怒《ふんぬ》していた。

「…………」

それ以上を賢治郎は言わなかった。三浦長門守の手配を疑うことに繋がりかねないからだ。

「では、これにて」

「すまなかったの。招いておきながら、かえって面倒をかけた」

「いえ。生涯忘れ得ぬ昼餉となりましてございまする」

賢治郎は笑った。

「二度とはごめんだがな」

苦笑しながら頼宣が手を振った。

「失礼いたしまする」

一礼して、賢治郎が席を立った。

「門までご一緒いたしまする。でなければ出られませぬ」

三浦長門守が同行した。

った。

「心より感謝いたしておりまする。また、手荒なまねをお詫びいたしまする」

固く閉ざされた大門ではなく、潜り門を出たところで、三浦長門守が深々と腰を折った。

「たしかに受け取りました」

謙遜《けんそん》せず、賢治郎は礼を快諾した。三浦長門守の真摯《しんし》な態度への礼儀であった。

「では、今後ともよろしくおつきあいのほどを」

「こちらこそ」

二人でもう一度頭を下げあい、賢治郎は紀州家上屋敷を後にした。

二

賢治郎の姿が辻《つじ》を曲がるまで見送った三浦長門守が頼宣のもとへと戻った。

「ご苦労であった」

「はっ」

ねぎらわれた三浦長門守が畏《かしこ》まった。

「余にはまだ天寿があると見える」

低い声で頼宣が笑った。

「もちろんでございまする。殿は天下人となられるお方。天も味方しておりまする。ではございまするが、御身を囮《おとり》とされるのは今回限りで願いまする」

三浦長門守が厳しく意見した。

「二度としたくはないがな。しかし、今回は余も思ったぞ。天は余をまだ見捨ててはおらぬ」

「対して根来は、いや光貞は、天に嫌われておるようで」

敬語を三浦長門守が捨てた。

「だの。まあ、日頃ならばとても毒など使えぬからな。今日の野点は絶好の機会であったのだろうが」

頼宣の食事は、将軍と同じ体制で調理されていた。まず、同じ内容の膳が三つ台所で作られる。一つは台所役人が目付役立ち会いのもとで毒味をする。続いて奥へ運ばれた残り二つの膳の一つが、小姓によって毒味を受けた。その二度の毒味で異常がないことを確認して、頼宣に供される。もちろん、膳は、台所を出てからは、絶えず複数の者によって見張られている。

しかし、野点の食事となれば、どうしてもいつもと違うため、小さな齟齬《そご》が生まれてしまう。そこを根来者は狙った。

だが、それも賢治郎のために破綻《はたん》した。

「長門守……」

頼宣が天井を見あげながら声を出した。

「手強いの、上様は」

「はい」

三浦長門守がうなずいた。

「あのような寵臣がいる。松平伊豆守が死したゆえ、守りは薄くなると思ったのはまちがいであった」

「仰せのとおりかと」

「恩は恩。なれど、吾が覇道の前に立ちふさがるようならば、排除せねばならぬ」

「はい」

決意を新たにする頼宣に、三浦長門守が同調した。

「いずれは殺さねばならぬが、その前に恩を返しておかねばな」

頼宣が目を閉じた。

「さて、どうしてくれようか。あやつの驚く顔を思えば、楽しいわ」

「うらやましゅうございまする。殿のご寵愛をいただける深室が……」

主従二人の顔に穏《おだ》やかな笑みが浮かんだ。

「ご免」

襖《ふすま》の外から声がかけられた。

「どうした」

「二人仕留めましてございまする」

襖を開けることなく報告がなされた。

「天井裏か」

「はい。あと本殿に火を放とうとしておりました者を弓で」

「ご苦労であった。この後も油断するな」

「では」

声が遠ざかっていった。

「先ほどの気配だな」

天井裏をもう一度頼宣が見上げた。

「見事である。あれが組を割った根来者か」

「はい。先《せん》だって殿のご命《めい》がありましたので、国元から呼び出しましてございまする」

三浦長門守が告げた。

「まだ江戸の根来者に知られるわけにはいかぬと吾が屋敷に留め置いておりましたので、本日の昼には役立たずでございました。わたくしの甘さが殿にこのようなお辛《つら》い思いをさせました。深くお詫びいたしまする」

「それでいい。手のうちを光貞に見せてやらずともよい」

頭を下げた三浦長門守へ気にするなと言った頼宣が訊いた。

「導師が江戸に張りついておりましたので、国元をこちらへ引き入れました。と申しましても、半分に足りませぬが」

「十分だ。組が割れただけでもな。これで導師は配下を信用できなくなったであろう。獅子身中の虫は、己の体内にも虫がいたと知ったのだ」

おもしろいと頼宣が口の端をゆがめた。

裏切り者は、己が同じ立場に置かれるというのを、なによりも怖《おそ》れる。国元から何人かの根来者が消えた。それだけで、把握しているはずの江戸の根来組のなかにも寝返った者がいるのではないかと疑心暗鬼になる。

「それにしても館《やかた》に火を付けるか。光貞の犬としてはいい考えだ」

頼宣が褒めた。

「この部屋にいるかぎり、余を仕留めることは無理。ならば外へ出すしかない。どうすればいいか、火を付けるにしかず。余でもそう考えるわ」

「ご勘弁くださいませ」

火事はおそろしい。鉄壁の守りから頼宣を出さなければならなくなるのも怖いが、なにより右往左往する女中や家臣たちによって、刺客の気配がわからなくなる。三浦長門守が嫌そうな顔をした。

「それを防いだ国元の根来者もよくやった。ふむ。国元の根来者ではややこしい。そうだの。庭に潜み、火付けを防いだ。お庭番がよかろう」

「組のお名前を頂戴《ちょうだい》でき、よろこびましょう」

新しい名前に三浦長門守も賛同した。

「これで二人片付いた。光貞は臆病《おくびょう》だ。己の手元に根来者をあてていど以上置いておきたがるはずだ。となれば、深室へ向かったのは……」

「せいぜい三名か、四名でございましょう」

引き取った三浦長門守が計算した。


赤坂御門内の紀州家上屋敷を出た賢治郎は、十分な注意をしていた。

「人気《ひとけ》はまったくないな」

場所柄将軍に近しい名門大名の上屋敷が立ち並んでいる。昼間ならば各藩の家臣たちの行き交う場所であるが、夜となると人気は一気になくなった。

門限のある武家はもちろん、城門を潜るのに番士にいちいち頼みこまなければならない町人たちが、夜になって御門内を歩いていることはまずなかった。

「もういいだろう」

御濠際で賢治郎は足を止めた。

「……………」

三つの影が月明かりのなかへ現れた。

「忍がどういうものか、拙者《せっしゃ》は知らぬ。人を殺すに手段の意味などないかも知れぬ。だが、仕えている主を謀殺しようなど、論外」

賢治郎は太刀《たち》を抜いた。

「黙れ、我らの事情も知らぬくせに、要らぬ手助けをいたしおって」

根来者が言い返した。

「事情だと。笑わせてくれる。犬でも餌《えさ》をもらえば、噛みつくことはせぬ」

嘲《ちょう》笑《しょう》を賢治郎は浴びせた。

「…………」

怒った根来者が動いた。固まっていた三人が散りながら、手裏剣を撃ってきた。

「ふん」

挑発にのった根来者たちを鼻先で笑って、賢治郎は飛来する手裏剣すべてを打ち払った。怒りは身体に余分な力を入れる。力が入った筋は固くなり、普段より伸びなくなる。また、頭に血がのぼり、深く思うことなく行動してしまうため、攻撃が単調になった。

「それだけか」

濠を背にすることで、賢治郎は後方の脅威をなくしていた。

「しゃっ」

一人の根来者が忍刀で斬りつけた。

根来者の源流は修験者である。使用する刀も修験者が使っていた降魔刀《ごうまとう》を模し、両刃の直刀であった。

「ぬん」

賢治郎は太刀を突き出した。

「ぎゃっ」

脇差とほとんど刃渡りのかわらない忍刀は、間合いが短い。刃先が賢治郎へ届く前に、根来者は胸を突き抜かれて墜ちた。

「逸」

残った根来者の一人が叫んだ。

「おのれ。よくも」

「そちらがかかってこなければ、死なずにすんだ。こちらのせいにされては心外だ」

　賢治郎が言い返した。

「…………」

　黙っていた根来者が、喋《しゃべ》っている賢治郎目がけて手裏剣を投擲《とうてき》しつつ接近してきた。

「甘い」

　複数の敵の一人と会話しているときほど、残った相手へ注意をする。剣士として当たり前の心得であった。

「……ふん」

　上体を傾けることで手裏剣をかわし、低い位置から飛びこんできた根来者とかち合う高さで、賢治郎は太刀を薙《な》いだ。

「くううう」

　咄嗟《とっさ》に根来者が動きを止めようとした。

「おう」

　それを見て賢治郎は太刀の柄《つか》から左手を離し、片手薙ぎに変えた。

　片手薙ぎは力が入りにくい。腹部ならばまだしも、よほどの名人でも骨を断ち割ることは難しい。しかし、左手という枷《かせ》を外したぶん、片手薙ぎは伸びる。

賢治郎の太刀の切っ先が、根来者の左膝をかすった。

「つっう」

膝など、関節の肉は薄い。骨に傷を与えることはできなかったが、賢治郎の一撃は骨を包んでいる膜を切った。

痛みに根来者が呻き、体重を支えきれなくなった左膝が揺れた。

「せいやっ」

膝に当たることで勢いを失った太刀を、ふたたび両手で持った賢治郎は、切っ先を上げて、一歩踏みこんで振った。

「あっ」

体勢を崩した根来者に、逃げ道はなかった。

「あああああ」

首筋を断たれ、噴きあげる己の血に絶望の叫びをあげるしかなかった。

「死ねっ」

残心の構えをとる賢治郎の左後ろから、最後の一人が襲いかかった。

「馬鹿が」

目の隅にとらえていた賢治郎は片膝をついたような形で絶息している根来者を跳びこえた。

「ふん」

そのまま死体を蹴《け》り飛ばした。

「なにをっ」

仲間の死体を盾に使われた根来者がたたらを踏んで、激突を避けた。

「さて、これで一対一だな」

振り向いた賢治郎は太刀を青眼《せいがん》に構えた。

「この二人の後始末をして逃げるというならば、見逃してやる」

賢治郎は告げた。

「なにをっ」

根来者が憤慨した。

「ここで拙者を倒してどうなる」

静かな声で賢治郎が話しかけた。

「どういう意味だ」

警戒しながら根来者が問うた。

「どこへ帰るというのだ」

「決まっておろう」

訊かれた根来者が言い返した。

「藩主を殺し損ねたのだぞ」

「…………」

根来者が絶句した。

「世継ぎは世継ぎだ。藩主ではない。謀叛《むほん》をかばう力はないぞ」

賢治郎が続けた。

「そんなことはない。もし、そうだとしても江戸から離れれば……」

「国元が無事だと思うか。頼宣さまぞ。おまえたちが敵に回したのは。神君家康公より、すべてを譲られたお方、大坂の陣でお若いながら武将として活躍されたお人だ。敵対した者を見過ごされはすまい。根来の里は草木も残らぬほど、根絶やしにされるであろうよ」

「山へ逃げればすむ」

必死に言いつのる根来者へ、賢治郎は哀れみの目を向けた。

「禄を失って、どうやって生きていく。雇い主に牙剝《きば》くような輩を拾う物好きはおらぬぞ。また、失敗したのだ。世継ぎさまの御世となっても、役立たずを迎え入れてはくださるまい」

賢治郎が止《とど》めの一言を口にした。

「さて、そろそろ決めてもらおうか。吾と戦うか、それとも逃げて一同へ報《しら》せるか。明日には、上屋敷から早馬が出るだろう。根来を滅ぼせという命を持ってな」

「……うっ」

根来者が呻いた。

「一度主と仰いだお方を裏切る。それは武家がしてはならぬことだ。命を捨てて忠義を尽くす。なればこそ、子や孫に禄を継がせていただけるのだ。忍は違うなどと言うなよ。もう主を変えて生きていく乱世は終わったのだ。それに気づかなかったおまえたちが愚かだった」

ゆっくりと賢治郎は後ろへとさがった。

「馬鹿に加担したおまえに憐《あわ》れみをかけるほど、吾は優しくない。だが、何も知らぬ女子供が哀れであろう。頼宣さまは女子供といえども容赦なさるまい」

刀身に付いた血脂《ちあぶら》を拭《ぬぐ》いながら、賢治郎は根来者の様子をうかがった。

「…………」

無言で忍刀を鞘《さや》へ戻した根来者は、倒れている仲間二人の顔へ懐から出した火薬を振りかけ、火をつけた。

小さな破裂音が響き、あたり一帯に焦げ臭い匂いが漂った。

「遺髪くらい持って帰ってやらぬのか」

「任の途中で死した者はなにも遺《のこ》せぬ。それが決まりだ」

根来者が囁《ささや》くように言った。

「もし一人のぶんでも持ち帰れば、次も同じようにせねば、遺族が納得せぬ。そうなれば、遺品を確保するために、残った者が無理をしなければならなくなる。それで新たな死人が出ては意味がない。ゆえに、どのような状況にあろうとも、なに一つ収集しない」

淡々と根来者が語った。

「その代わり、恨みを受け継ぐ」

根来者が賢治郎をにらんだ。

「逆恨みとは、迷惑だな」

賢治郎はあきれた。

「覚悟しておけ」

顔を燃やした二人の遺体を濠へ投げこんで、根来者が後ろずさりに闇《やみ》へと帰っていった。

「ふうう」

気配が完全に消えたことを確認して、賢治郎は盛大なため息をついた。

「慣れぬことはするものではないな」

賢治郎は、最後の一人を生かして帰すことで、根来組のなかにひびを入れようと考えたのだ。

「大納言さまのまねはきつい」

もう一度太刀に付いた脂を拭って、賢治郎は鞘へ納めた。

血が付いたままの刀を鞘に入れると、鞘の内側に血が移る。血は放置しておくと錆《さび》を呼ぶ。刀の表面の血ならば、すぐにでも拭えるが、鞘のなかに残ったものは取れない。鞘の内側に染みこむため、削らなければ取れないのだ。そして削れば、鞘と刀の相性が悪くなり、抜き打ちの速さや正確さに悪影響を及ぼす。

「こまめに吾をお呼びになるのは、今日のように上様周囲の話を聞くという目的もあろうが、それよりも上様と吾との間にくさびをいれるのが主眼」

松平伊豆守、阿部豊後守らの薫陶《くんとう》と、先日家綱との間に齟齬を生じた経験が、賢治郎を成長させていた。

「光貞さまに付き大納言さまを害する。そう組で決めたといったところで、全員が納得しているはずはない。なにせ、主殺《しゅうごろ》しだからな」

主殺しは、極刑と決まっている。主家の娘と心中しそこねて、生き残った奉公人などは、日本橋に首だけ出して埋められ、のこぎり引きとなるのだ。忠義をなによりとする武家での主殺しは、謀叛と並ぶ大罪である。組頭に逆らえないから、しぶしぶしたがったという連中が、今回の失敗を知ればどうなるか。

賢治郎は水面に石を投げこんだのであった。

「疲れた」

肩を落として賢治郎は歩き出した。

「化けものか」

賢治郎と根来者が去ったあと、濠から黒鍬者があがってきた。黒鍬者は石垣の隙間に小刀を刺し、それに摑まることで身を潜めていた。金山衆《かなやましゅう》として山を駆けた黒鍬者は、蛇や狼、熊などに襲われぬよう、気配を消す術をなにより大事にしていた。

「勝てぬはずだ」

安兵衛が震えていた。

「報告に戻るぞ」

「ああ」

二人の黒鍬者が、ふたたび気配を消した。

三

「紀州大納言さまのお招きを受けた帰りでござる」

すでに江戸城の諸門は閉まっていた。内廓《うちぐるわ》門を通るのは気が引けると賢治郎は、わざと遠回りしながら、屋敷にいたる外廓門を通過した。

用件と姓名を名乗れば、大門を開けてもらえはしないが、潜り門の通行は許される。門限をはるかに過ぎていても、御三家の名前を出せば詮索《せんさく》されることもなかった。

「ずいぶんと遅いお帰りでございました」

文句は屋敷で待っていた。

清太に開けさせた潜り門を入った賢治郎は、玄関式台で座っている三弥の出迎えを受けた。

「紀州さまのお屋敷にお招きをいただきましてございまする」

「清太から聞きましたが、昼餉をともにとのお話だったと」

すでに真っ暗となった外を、三弥がわざとらしく見た。

「少し話が興にのってしまい、昼餉の後、茶を馳走《ちそう》になりましたら、思ったよりもときが経っておりました」

真実を口にするわけにはいかない。賢治郎はごまかした。

「大納言さまとお話を」

「家老の三浦長門守どのも同席なされたが」

紀州家の家老とはいえ、付け家老の一人三浦長門守は、直臣《じきしん》扱いを受ける。いわば深室と同格であった。これが、御三家の格であった。たとえ百万石前田家の家老で数万石を知行されていようとも、陪臣《ばいしん》でしかなく、深室よりは格下になり、呼ぶときに敬称をつけることはなかった。

「三人で」

三弥が驚いた。

紀州藩主頼宣は大納言であり、三浦は長門守である。二人とも朝廷の官位を持つ名門である。対して賢治郎はもちろん、深室家にも官位などは与えられていない。前述の二人と同席するなど、破格すぎた。

「さすがに気疲れいたしました」

大仰に賢治郎は息を吐いた。

「でございましょう」

少し機嫌をよくした三弥が、賢治郎の太刀を受け取ろうとした。

「いや」

先ほど二人の命を吸ったばかりである。それを賢治郎は三弥に触《さわ》らせたくはなかった。

「……はい」

一瞬、黙った三弥だったが、すぐに首肯した。

与えられている居室へ戻った賢治郎は、太刀と脇差を床の間に立てかけると、衣服の着替えを始めた。

「お手伝いを」

三弥が袴《はかま》の紐《ひも》をほどくのを手助けした。

「足袋《たび》を」

「すみませぬ」

「…………」

なにげなく足を上げた賢治郎に、三弥が息を呑《の》んだ。

「どう……あっ」

賢治郎は思い当たった。

戦いで勝つことは何より重要である。ただ多数と戦うときにはもう一つ忘れてはならないことがあった。返り血を浴びないようにしなければならなかった。人の血というのは、さらっとしているのではなく、粘着している。服に付けば固まって、細かい動きの阻害となり、目に入れば視界は潰される。

人の急所である場所は、そのほとんどに太い血脈がとおっている。首、手首、内股《うちもも》などである。そこを撃てば、死ぬまでの経過に差はあれども、確実に相手を仕留めることができた。その代わり、大量の出血を伴った。数えきれないほど襲われ、人を斬ったことで賢治郎は返り血の恐ろしさを身をもって知り、浴びないように動く工夫をした。

おかげで今夜は二人を斬って、返り血をひとしずくも浴びなかった。だが、三人目の根来者を引かせるため、二人目に倒した根来者を蹴り飛ばした。そのとき、足袋に血が付いたのであった。

「……お怪我はない」

最初に三弥は賢治郎の素足をじっと観察した。

「となれば……」

三弥が賢治郎をにらんだ。

「人を斬られましたね」

「ああ」

認めるしかないと賢治郎は首肯した。

「お怪我は」

最初に三弥は、賢治郎の無事を訊いた。

「ござらぬ」

賢治郎は否定した。

「今度は、いったい誰を敵に」

「………」

問われて賢治郎は黙った。

「またお役目でございまするか」

「役目……なのかも知れませぬ」

賢治郎はなんとも言えなかった。

「……賢治郎さま」

三弥が座り直した。

「はい」

袴を脱ぐために立ちあがっていた賢治郎も腰を下ろした。

「あなたさまは深室の跡継ぎでございまする」

ゆっくりと三弥が宣した。

「あなたさまに万一があれば、深室の家は絶えまする」

「三弥どのに新たな婿を……」

「お黙り下さいませ」

言いかけた賢治郎を三弥が封じた。

「わたくしに二夫にまみえるという恥を掻《か》けと」

「それでは、深室の血が」

「絶えさせぬように、あなたがなさればよろしいのでございましょう」

三弥が一膝寄った。

「女の徴《しるし》を見ました。いつでもわたくしは、あなたの妻となれまする」

まだ幼い身体付きの三弥から、女の色香が立ちのぼった。

「それは……」

賢治郎は息を呑んだ。

「女の口からこれ以上言わせないで下さいませ」

そう言って三弥がすっと身体を離した。

「あっ」

思わず賢治郎は手を伸ばしかけた。

「ですが、祝言《しゅうげん》がすみますまでは、ふしだらなまねはなりませぬ」

女の表情を消して、三弥が凛《りん》とした顔つきで告げた。

「……はい」

賢治郎は同意するしかなかった。


紀州家の内紛である。それを家綱の耳へ入れることを賢治郎はためらった。すべてを話すと誓ったが、うかつな言動は紀州家に傷をつけかねなかった。賢治郎は頼宣を警戒していたが、嫌っていなかった。いや、好きになってきていた。

幕府ができてから、いくつもの大名がお家騒動を理由に取りつぶされていた。御三家であろうが、名門譜代であろうが幕府は容赦なかった。

なにせ、家康の次男秀康の直系、越前福井藩でさえ一度潰されたのだ。さすがに二代将軍秀忠から制外の家として格別扱いされていた名門をなくすわけにはいかず、傍系から人を入れて続かせているとはいえ、禄高は激減させられた。

紀州家で世継ぎが藩主を毒殺しようとしたなどと、幕府に知れればどうなるかは、考えるまでもない。

後ろめたさを隠しながら、数日、賢治郎はお髷番《まげばん》としての職務に励んだ。

「賢治郎」

家綱が話しかけた。

「はい」

剃刀《かみそり》を止めて、賢治郎は応じた。

「大奥からな、あたらしい局を作ったという通知が来たそうだ」

「あたらしい局……お気に召すお方でもおられましたか」

賢治郎は家綱に新しい側室ができたのかと考えた。

「いや、違いました。上様は昨日も大奥へお見えではございませぬ」

すぐに賢治郎は否定した。

「まったくのまちがいではないぞ」

家綱が述べた。

「はて……」

賢治郎は首をかしげた。もし、大奥に気に入った女がいるならば、あたらしく側室を探す意味はなくなる。いや、意味はある。女には男を受け入れられぬ期間がある。月のうちにも七日ほどあるうえに、子を宿せばほぼ一年にわたって、閨御用からははずれなければならなくなる。将軍は子供が多いほどよい。一人や二人では、病気や事故で世継ぎがいなくなってしまうかもしれないからだ。また、男子だけでなく、娘にも価値があった。有力な大名の正室とすることで、徳川の親戚に取り入れられる。これは争いのもとを減じ、天下泰平を維持する良薬であった。

「忘れていたのよ。躬《み》はな」

「ご側室をお忘れに」

思わず賢治郎の声音《こわね》にあきれが入った。

「ただ一度、添い寝を命じただけぞ。他の女どもの印象が強すぎるのも悪い」

家綱が言いわけした。

「お気に召しての御用ではなかったので」

口調から、家綱の意思ではなさそうだと賢治郎は考えた。

「京からの遣わされだからの」

「……京。ご朝廷さまから」

「そうか、そなたは知らぬか」

確認する賢治郎へ、家綱が納得した顔をした。

「京から将軍家には女が遣わされるのが父よりの慣例となった」

「家光さまから」

賢治郎は驚いた。幕府と朝廷の仲は難しい状況にある。幕府は朝廷の権を借りなければ、政はできない。かといって朝廷の言うなりになるわけにはいかない。どころか、所領を減らし、諸大名とのかかわりを制限して、朝廷の力を削《そ》いでいるのが実情である。

「朝廷の侵略だな」

「侵略とはおだやかでございませぬ」

家綱の言葉に、賢治郎は眉をひそめた。

「武力で倒幕しようというわけではないぞ。血で徳川将軍家を乗っ取ろうとしている。もっとも徳川も同じことを朝廷にしておるがの」

淡々と家綱が述べた。

「なるほど。上様のお側《そば》に朝廷に由縁のある女を配し、その女に子を産ませ、その子を将軍とすれば……」

賢治郎はさとった。先夜三弥と血筋の話をしたことが生きていた。

「そうだ。幕府も朝廷へ祖父秀忠公の娘、和《かず》姫を後水尾天皇《ごみずのおてんのう》の中宮へと押しつけた。そして和姫がお産みになった内親王が、後に明正《めいしょう》天皇となられた。もっとも明正天皇は女帝で、子をなされなかったため、徳川の血は天皇ご血統より消え去ったが」

家康にとって孫となる明正天皇は、父後水尾天皇が幕府の圧力で譲位せざるをえなくなったあと、わずか七歳で践祚《せんそ》したが、二十一歳のおり、異母弟後光明《ごこうみょう》天皇へと後を譲った。これは女帝の就任が、正統な男子の成長までという朝廷の慣例によるものであり、幕府といえども無理押しできなかった。また、女帝は終生夫を持たないという決まりもあり、こうして天皇家から徳川の血はなくなった。

「血統の奪い合いを、幕府が先にしかけたのだ。嫌とは言えまい。詳しくは阿部豊後守あたりが知っておるだろうが、和姫を押しつけるときに、幕府と朝廷の間で裏取り引きがあったという。それは、朝廷が勧めた女を、将軍はかならず閨に呼ばねばならぬというものだそうだ」

馬鹿らしいと家綱が吐き捨てた。

「男女の閨ごとが、すべてきれいごとで終わるなどと思ってはおらぬ。しかしだ、無理に女を押しつけてきたところで、男が役に立つとはかぎるまいが」

「はあ……」

まだ女を知らぬ賢治郎は曖昧《あいまい》にうなずいた。

「そうか、そなたはまだ妻を娶《めと》っていなかったの」

家綱が気づいた。

「ようするにだ、好みでない女をそうそう抱けるわけでないということよ」

「わかりまする」

賢治郎は同意した。昨今、三弥の変化に、賢治郎の男が反応することも多くなったが、一年前までなら、まったくなんとも思わなかったのだ。押しつけられた女を、それも思惑が見え隠れするていどならまだしも、思いきりあからさまな意味を持つ女を、嬉々として抱けるはずなどなかった。

「まあ義務ゆえに、一度は抱かねばならぬ。その女が局を持つと知らせて来た」

「意図は……」

「朝廷への言いわけではないか。大奥へ送りつけた側室を一度だけ呼んで、あとは放置している。朝廷をないがしろにしているといわれてもしかたないことだからな。それに大奥には、顕子に付いてきた公家の娘も多い。その者たちへの慰撫《いぶ》かも知れぬ。力はないが、うるさくされては面倒だからな、京は」

家綱が苦笑した。

「お役に立てず、申しわけございませぬ」

大奥へ賢治郎は入れない。だけではなく、大奥女中たちと話をすることさえできなかった。大奥とかかわりのない表役人と女中の話は、不義密通扱いされかねない。それが家綱のためだったとしても、免罪にはならなかった。その場を誰かに見られたり、大奥女中から公にされれば、賢治郎はお役ご免ですまず、切腹となる。

「しかたない。躬は外へ出られぬ。外との戦いは、そなたに頼むしかない。ならば、うちくらい、躬が処せねばな」

家綱が苦い笑いを浮かべた。

　大奥の局新規立ち上げの要求は、いろいろなところへ波及した。これは家綱が、新たな側室を設け、いよいよ世継ぎ作りに本腰を入れるととられたのだ。

「上様に新しい側室が」

　単に喜ぶ者もいれば、

「これは好機だ」

　己の縁ある女を大奥へ入れ、家綱の手がつけばと画策する者も出た。

　その後半に属したのが、堀田備中守であった。

「大奥へ女を入れる。かといって、吾の一族ではなにかあったときに、累が及ぶ。吾の息のかかった者で、上様のお側に近づけるだけの名門の出でなければならぬ」

　堀田備中守が思案した。

　将軍の側室になるには、身分が要った。当たり前である。その側室が産んだ子供が、次の将軍となるかも知れないのだ。そのため、側室は目見え以上の家から出される決まりであった。と同時に、大名以上の家からは出されない慣例もあった。これは、その大名家が力を持ちすぎ、次期将軍家の岳父として振る舞うようでは困るからであった。

「松平主馬には、娘はおらなんだか」

「二人おられたはずでございまする」

問われた用人が答えた。

「何歳じゃ」

「そこまでは……」

「ただちに調べろ」

「はい」

首肯した用人が、一刻（約二時間）ほどで報告しに戻ってきた。

「上の姫さまが十五歳、下の姫さまが十三歳だそうでございまする」

「ほう。ちょうどよいな」

「いささかお若すぎませぬか」

上機嫌な主へ、用人が懸念を口にした。

側室の要件は、まず身分であるが、その次に年齢があった。若すぎては閨御用に適さないからである。もちろん、お褥《しとね》ご辞退の年齢となる三十歳に近くてもだめであった。

「二歳くらいならば、ごまかせよう」

あっさりと堀田備中守が述べた。

武家は女の誕生を届けなかった。よって、幕府に松平家に娘がいるかどうか、いくつかなどは、正式には知られていない。大奥へ入れる、あるいは他家に嫁に出すなど、なにかしらの動きがあって、やっと届けるのだ。年齢くらいいくらでもごまかしがきいた。

「たしかに十七歳となれば、よろしゅうございますな」

「話を届けてやれ。松平家ほどとなれば、娘を大奥へ入れたいと願えば、かならずかなう。余の手助けなど不要だが、そこはな」

「恩に着せよと」

切れ者と評判の堀田備中守の懐刀である。すぐに主の主旨を理解した。

「上様が新しい側室をお探しである。貴殿の娘御こそふさわしいと思う。うまくお手がつき、男子を産めば、五代将軍さまの実家として、大名となれよう。陰からながら、余がお力を貸しましょうほどにと……」

小さく堀田備中守が笑った。

「余がしばらく大人しくしておれと命じたにもかかわらず、なにやら勝手に動こうとしているらしい。こちらの思惑と違ったまねをされては面倒だ。あの手の小者は自在にさせてはならぬ。手綱《たづな》を取り、行く方向へ鼻面《はなづら》を向けてやらねばな」

松平主馬を堀田備中守は、馬扱いした。

「では、さっそくに」

主のもとを下がったその足で、用人は松平家を訪れた。

「と主よりお伝えするよう、申しつけられて参りました」

「娘を上様へ……よろしいのか」

松平主馬が疑惑の目を向けた。

堀田備中守が、殉死した家族である堀田家への対応に不満を持ち、そこから家綱へ憎しみを抱いていることを松平主馬は知っている。やはり弟賢治郎を厭《いと》うあまり、家綱も嫌っている松平主馬と共通していたことで親しくなったといっていい。

「大事ございませぬ」

用人が首を振った。

「次の将軍家となられるお方が、正当な扱いを堀田家へくだされば、よいのでございまする。堀田家は家光さまの御世より、執政最高の位を約束された家柄。そのことをおわかりさえいただければ、どなたさまが……」

そこまでで用人は口を閉ざした。

「それに……」

「なんでござろう」

堀田家の用人は陪臣で、身分からいけば松平主馬がはるかに高い。それでも権力は用人が強い。主の威を借りているとはいえ、用人の機嫌次第で、旗本の一つくらいは消し飛びかねない。松平主馬はていねいな言葉遣いで訊いた。

「お娘御さまが、上様のご寵愛を受けられれば、賢治郎さまを小納戸から外すのも容易でございましょう。男は誰も気に入った女の睦言《むつごと》には弱いものでございまする」

用人が小声で告げた。

「賢治郎をお役ご免に……」

松平主馬がなによりも欲しているものが、目の前に転がった。

「承知いたしました。さっそくに上の娘を大奥へあげましょう」

「大奥は終生奉公。一度上がれば、親の葬儀といえども戻れぬのが決まり。ひょっとするると、生涯お娘御さまと再会できなくなるやも知れませぬ」

「わかっておりまする」

いまさらの注意をする用人へ、松平主馬が強くうなずいた。

「御安心を。お娘御のことは、主がお手助けいたしますゆえ」

脅しておいて宥《なだ》める。用人の言葉に松平主馬が喜んだ。

「かたじけなく存じておりますると、備中守さまへお伝えを」

「承りました」

用人が松平家を辞した。

「聞いたか」

用人中岡杢兵衛を呼んだ松平主馬が問うた。

「はい」

「賢治郎のことはしばらく放っておく。まず、能《のう》を大奥へ入れる。手配りを致せ」

「大奥での引きを考えれば、上臈《じょうろう》さま始め、大奥のお女中方へ、それ相応の贈りものをなさねばなりませぬが」

中岡杢兵衛が主の顔色を窺《うかが》った。ご多分に漏れず、役職につけていない松平家の内証はよくない。

「かまわぬ。どれだけ金を遣ってもよい。足りなければ、出入りの商人から借りよ。能がまちがいなく上様の目に止まるようにな」

「わかりましてございまする」

主の許可を得て、中岡杢兵衛が動き出した。

うごめき始めた大奥や他の者たちを見て、阿部豊後守があきれていた。

「大奥も愚かな」

阿部豊後守が嘆息した。

「春日局さまが、草葉の陰で嘆いておられよう」

局新設の話を阿部豊後守は、右筆《ゆうひつ》から回された書付で知った。

大奥は三代将軍家光の乳母であった春日局によって創始された。家光を三代将軍とした最大の功労者である春日局は、吾が子たちを出世させるだけではあきたらず、自らの立場を強固なものとするため、大奥を作りあげた。女人《にょにん》だけしか入れず、江戸城内にありながら、将軍を主としていただかない。本来許されるはずもないことだったが、春日局によって将軍となれた家光は、その願いをすべて聞き入れ、大奥は表の権力から独立した。

しかし、執政にとって、手の出せない領域ほど面倒なものはない。春日局が死に、家光が亡くなった今、老中たちはなんとかして、大奥の特権を取りあげようと画策していた。

「己の米びつへ手をいれられては、気づくわの」

与えられた権利は未来永劫《えいごう》のものと思うのが人である。春日局個人の功績を、大奥は我らのものと勘違いし、奪おうとしている執政たちに対抗しようとしていた。なんとか側室に家綱を籠絡《ろうらく》させ、大奥の維持を狙ったものだと阿部豊後守は見抜いていた。

「老中どももまだ青いな。女をまとめさせては話にならぬ。分断して、一人一人個別の餌を使って籠絡すれば、多少のときはかかれども、大奥を表に組みこめるものを。性急に飼い慣らそうとするから、噛みつかれるのだ」

阿部豊後守は、若い老中たちを批判した。

「新しい局の主は、京から使わされた女か。まあ、いたしかたないな」

断る理由を阿部豊後守も見つけられなかった。

「京の血を将軍家へ入れるのは、いたしかたないことだ。いや、しなければならぬ。朝廷と将軍が一枚岩になる。天皇と将軍が従兄弟《いとこ》同士、あるいは叔父甥《おじおい》となれば、朝廷も倒幕などを考えられはすまい。ふむ。京こそ要《かなめ》か」

腕を組んで阿部豊後守が思案した。

「誰か、京屋敷へ使者を立てろ」

朝廷とのかかわりを維持するために、各大名は京にも屋敷をもっている。といっても藩主がそこを使うことは、朝廷に近づいたと幕府の疑いを受けることになる。常駐している者も少ないが、朝廷の動きなどを探るため、優秀な者が配されていた。

「公家のなかから、健康な女を選び、江戸へ連れてくるようにとな」

阿部豊後守が指示を出した。

第五章　謀《はかりごと》の表裏

一

襲われた翌日、頼宣は堂々と行列を仕立てて、上屋敷を出た。

「久しぶりよな。この鎧《よろい》を身につけるのも」

頼宣は父家康から贈られた鎧兜《かぶと》を身につけ、愛用の槍《やり》を手に騎乗していた。重い鎧を身にまといながら、背筋のしっかりと伸びた姿は、とても六十歳をこえた老将に見えなかった。

「そなたもなかなか似合うぞ、長門守」

少し後ろに付いている三浦長門守を振り返った頼宣が褒めた。

「畏《おそ》れ入《い》りまする。しかし、鎧というものは動きにくいものでございますな」

生まれて初めて鎧兜で馬に乗った三浦長門守が苦笑していた。

「慣れるしかないな。これぱかりは。そのうち鎧兜をつけたままで、用便ができるようになる。さすれば一人前よ。もっとも小便をしたくなるほどの間は要《い》らぬな。今日は」

大坂の陣で初陣《ういじん》を果たした頼宣が、笑った。

「光貞に、余を迎え撃つだけの度胸などないからな」

頼宣が笑いを消した。

紀州家の上屋敷と中屋敷は、赤坂御門を挟んでいるだけと近い。

「な、なんでござろう」

赤坂御門を警衛していた大番組士が、戦支度《いくさじたく》の頼宣一行に絶句した。

「紀州大納言頼宣、中屋敷へ狩りに参る」

「お、お待ちくだされ」

大番組組頭が、通行しかけた頼宣を止めた。

「そのような物々しい形《なり》では、御門を通すわけには参りませぬ」

「物々しいか」

頼宣が訊いた。

「まるで戦をなさるようでございまするぞ。鉄砲まで持ち出されて」

咎《とが》めるような口調で大番組組頭が言った。

「するからな」

「えっ」

あっさりと認めた頼宣に、大番組組頭が言葉を失った。

「ああ。そなたの思うようなものにはならぬと思うぞ。せいぜい脅しの鉄砲が数発鳴るていどだ」

「鉄砲……城下での発砲は禁じられておりますぞ」

「鍛錬じゃ、鍛錬」

咎める大番組組頭へ、頼宣が手を振った。

発砲は謀叛《むほん》と同じとまで言われているが、厳密に取り締まりされてはいなかった。城下全体で禁止してしまうと、武芸の一つである砲術まで禁止しなければならなくなる。遣わなくなった武芸は退化し、いざというときの役に立たなくなる。屋敷のなかであれば、鍛錬という名目で発砲は黙認されていた。

「もうよいな」

「……なれど」

　まだ大番組組頭が渋った。

「門のなかへ入るのではない。出ていくのだぞ」

「それはそうでございまするが」

　この格好で外から内廓《うちぐるわ》へ入るというならば、それが御三家であっても押しとどめなければならなかった。だが、出ていくとなれば、謀叛ではない。止めるだけの理由がなかった。

「長門守」

「はっ」

　控えていた三浦長門守が、大番組組頭の前へ出た。

「昨今、怠惰の風潮世に流れ、侍もその本質である武を忘れている。紀州家もまたしかり。御三家は上様の盾であり矛でなければならぬ。そこで中屋敷の者どもと合戦様式の鍛錬をおこなうべく出陣した次第である。ご覧いただけばわかるように、火縄に火は付いておらず、槍は鞘《さや》をつけたまま。いわば格好だけでござる」

「鍛錬と格好だけ……」

　大番組組頭が繰り返した。

「おい」

「は」

　三浦長門守からの合図を受けて、鉄砲足軽が担いでいた鉄砲を逆さまにした。

「ご覧のとおり、鉄砲には玉も入っておりませぬ」

　先込めの火縄銃は、銃口を下に向けると玉が落ちてしまう。逆さまにしてみせることで、三浦長門守は鉄砲が飾りだと言ったのである。

「なるほど。ならば問題もございませぬな」

「ご苦労である」

　納得した大番組組頭へねぎらいの声をかけて、頼宣が馬へ足をあてた。

　赤坂御門を潜《くぐ》れば、紀州家中屋敷は目の前である。

「昨日は上屋敷を封じた。毒の成果を中屋敷は知らぬ。さすがに報告がないことを根《ね》来《ごろ》の頭領は懸念しておろうが、わざわざ光貞へ失敗したとは言うまい。まだ結果がわからぬからな。油断している光貞が、どんな顔をするか」

楽しそうに頼宣が笑った。

「あちらは任せたぞ」

「承知」

軍勢の半分と鉄砲隊すべてを率いて、三浦長門守が離れていった。

「よし、馬鹿をしでかした息子に灸《きゅう》を据える。行け」

「大納言さま、お見えでございまする」

先触れが中屋敷へ走った。

「なにっ、父上さまが」

中屋敷で朝餉《あさげ》を食べていた光貞が、驚愕《きょうがく》した。

「具足を身につけられ、ものものしい様子でございまする」

注進した用人が震えていた。

「しくじったな。根来め」

光貞がさとった。

「門を開けるな。父を入れてはならぬ」

「しかし……」

用人が逡巡《しゅんじゅん》した。

紀州藩主は頼宣である。藩主の来訪を中屋敷が拒めるはずもなかった。

「余は病《やまい》じゃと言え。本復次第、上屋敷へ伺候《しこう》するとな」

「申してはみまするが」

言われた用人が、頼宣の前へ走った。

「殿」

潜り門を出た用人が、馬上の頼宣を見あげた。

「お世継ぎさま、体調が芳《かんば》しくなく、本復次第こちらからご挨拶に参りまするとのことでございまする」

用人が一礼した。

「なに。息子が病だと。それはいかぬな。見舞ってやろう」

頼宣が述べた。

「それは……」

「押し破れ」

「お、お待ちくださいませ」

慌てる用人の首もとへ、頼宣が槍を突きつけた。

「おまえの主は誰だ」

「ひっっ」

氷のような冷たい声に、用人がおびえた。

「長年、おまえに食《く》い扶持《ぶち》をやったのは余のはずだ。犬でも飼い主はまちがわぬぞ」

「…………」

用人が黙った。

「主さえわからぬ虚《うつ》けに、禄《ろく》をやるほど紀州は裕福ではない。暇を遣わす。この場から去れ」

頼宣が放逐を告げた。

「な、なにをっ。わたくしはお世継ぎさまのご指示に」

驚愕した用人が、頼宣へせまった。

「目障りだ」

穂先を用人の襟《えり》に刺した頼宣が、力一杯槍を振った。

「ひいいい」

五間（約九メートル）以上飛ばされた用人が、盛大な悲鳴をあげた。

「門を開けよ」

もう用人を見もせず、頼宣が門へと命じた。

「…………」

中屋敷は光貞の牙城《がじょう》と化している。大門は静まりかえっていた。

「叛徒《はんと》となるか、中屋敷。よかろう」

頼宣が馬上で立ちあがった。

「火をかけよ。焼き討ちにいたす」

「はっ」

弓を背負っていた足軽が、火矢の用意を始めた。

「大槌《おおづち》」

「おう」

行列のなかほどで控えていた大柄な藩士が、何貫あるかわからないほど大きな木槌を担いで出てきた。

「破れ」

短く頼宣が告げた。

「承知つかまつりましてございまする」

大柄な藩士が大槌を振るった。

すさまじい音がして、大門が揺れた。

「わっっ」

門のなかで慌てる声がした。

「放て」

手を振る頼宣に合わせて、火矢が飛んだ。

「な、なんだ」

衝撃は中屋敷の奥で小さくなっている光貞のもとへも届いた。

「若さま、殿は本気でございまする」

焦った顔で家臣が駆けこんできた。

「このままでは門を破られたうえ、焼き討ちを受けまする」

「やり返せ」

光貞が叫んだ。

「できませぬ、殿へ刃《やいば》を向けるは、謀叛」

家臣が首を振った。

「余が許す。そうだ。父を討ち取った者には望みの報酬を取らせる」

「無理でございまする。わたくしはこれにて」

馬鹿を言い続ける光貞を見捨てて、家臣が逃げ出した。

「お、お待ちをただちに開門いたしまする」

なかから悲壮な願いが出された。

「…………」

大槌を持った家臣が、頼宣を問いかけるように見た。

「聞く耳持たぬ。遅すぎた」

頼宣があっさりと拒んだ。

「そんな……」

中屋敷の家臣たちが落胆した。

「余の前へ出たいのならば、槍を取るか、光貞を差し出せ」

「…………」

騒いでいた屋敷が静かになった。

「おうりゃあ」

大声で大槌を振るう家臣の気合いだけが響いた。

「よっしゃああ」

轟音《ごうおん》をたてて、大門の閂《かんぬき》が折れた。

「ご免」

後ろで控えていた侍たちが、先を争って侵入していった。

「……ふん」

騎乗のまま、門を潜った頼宣は鼻先で笑った。玄関前に集まっているのは、中屋敷に詰めている家臣の半分もいなかった。

「残りは」

「脇門が開いておりました。逃げ出したかと」

「そうか。無駄な禄であったな。士籍を削っておけ」

切り捨てるように頼宣が述べた。士籍は武士としての身分を保証するものである。

これを失えば、侍ではなくなり、庶民となる。武家にとって切腹よりも重い罰であった。

「久しぶりだな。余を害しようとする度胸があるなら、そんなところで隠れず、顔を出せ、馬鹿息子」

頼宣が玄関へと声をかけた。

「…………」

玄関に置かれた衝立《ついたて》の陰から蒼白《そうはく》な光貞が現れた。

「父上、紀州家を潰すおつもりか」

「このていどのことで潰れるか。親を殺すほうがまずいだろう」

顔色を変えた光貞へ、頼宣が返した。

「幕府ができてから、当主が代わっていないのは、紀州だけなのでございますぞ」

「長寿でめでたいことだな」

叫ぶ息子へ、淡々と頼宣はしていた。

徳川幕府ができて六十年、すでに戦国を知る者はいなくなっていた。諸大名の当主で、新たに立藩した者を除いて、初代藩主がまだ当主であるのは、頼宣だけとなっていた。

「わたくしも三十六歳となりました。子もおりまする。よい加減、世継ぎではなく当主になりたいと思うのは当然でございましょう」

泣くような声で光貞が訴えた。

「余が将軍になりたいと思うのと同じじゃな」

「なっ」

野望を口にした頼宣へ、光貞が絶句した。

「だが、焦りすぎだ」

頼宣が表情を引き締めた。

「余の願いは動かねば届かぬ。だが、そなたは待っているだけで手に入る。余が死ぬか、将軍になるかすれば、紀州藩主の座はそなたのもとへ転がってくる。辛抱《しんぼう》していればすんだ」

「上様へ刃向かって、紀州家を潰されてしまうかも知れぬではないか。年寄りの末期《まつご》の願いに付き合わされては、たまらぬわ」

罵《ののし》るように、光貞が反論した。

「たしかにの」

大きく頼宣が納得した。

「だから父を殺そうとした。わかった。その志やよし」

頼宣が褒めた。

「………………」

叱られず、賞賛された光貞が呆然《ぼうぜん》とした。

「では、戦おう。そなたは余がじゃまなのだろう、そして余はまだ死ねぬからな。そなたに死んでもらうしかない」

「なにを」

一瞬光貞が呆《ほう》けた。

「やれ」

大きく頼宣が槍を振るった。

「おう」

「やああ」

頼宣にしたがっていた者が、中屋敷の家臣たちへ襲いかかった。

「ぎゃっ」

「た、助けて……」

準備も覚悟もできていなかった中屋敷の家臣たちが、たちまち斬りたてられた。

「なにをされるのだ、父上。止《や》めてくれ」

目の前でしたがってくれた者が血に染まっていくのを見た光貞が、頼宣へ怒鳴るようにして求めた。

「人が死んでいるではないか」

「そなたは、余を同じ目に遭わせようとしたのだぞ。その場にいなかったから、毒を盛ったのは別の者だと言いわけする気か」

厳しく頼宣が指弾した。

「……うっ」

光貞が言葉を失った。

「うわあああ」

抵抗していた中屋敷の家臣の一人が、背を向けて逃げ出した。

「逃がすな」

「はっ」

頼宣についていた家臣が弓を引き絞って放った。

「かはっ」

肺を矢で貫かれた家臣が血を吐いて倒れた。

「わかった、降参する。降参するゆえ……」

光貞が耐えかねて、手を突いた。

「やめい」

手を振り下ろして、頼宣が宣した。

「光貞、中屋敷を取りあげる。そなた、上屋敷の一室で謹慎せい」

「…………」

頼宣の命《めい》に、光貞はうなだれた。

「中屋敷の者ども、皆、士分を取りあげ、足軽とし、国元へ帰す」

「あああああ」

「足軽……」

処分に中屋敷の藩士たちが絶望した。

「嫌ならば、出ていけ」

言い終えた頼宣が、あたりを見回した。

「導師はどこだ」

「……ふっ」

玄関の上、屋根から落ちながら、導師が頼宣目がけて吹き矢を遣った。

「油断するのを待っていたか」

顔を目がけてくる吹き矢を頼宣が首を動かして避《よ》けた。

「ちいい」

かわされた導師が、地に着くなりふたたび吹き矢を撃った。

「情けない」

胸へ飛んでくる吹き矢に、頼宣は対処しなかった。吹き矢が頼宣の胸へ吸いこまれた。

「やった。この吹き矢には、たっぷりと斑猫《はんみょう》の毒が塗ってある」

導師が勝ち誇った。

「ここまで馬鹿だったとはな」

あきれた顔で頼宣が導師を見下ろした。

「なんのために鎧を着こんでいると思う。南蛮小札《こざね》重ねの鎧に吹き矢が刺さるか。それくらいわかるであろう。少しこちらが押しただけで、頭に血がのぼりおって、それで忍《しのび》といえるか」

「あっ」

導師がようやく気づいた。

「役に立たぬ根来は、潰す」

呆然としている導師へ、頼宣が宣した。

「なにを言われるか」

「三浦長門守がなぜここにおらぬか。考えろ」

反発する導師へ、頼宣が告げた。

「まさかっ」

導師が驚愕の声をあげた。

「鉄砲隊二十を連れて、下屋敷へいかせたわ」

頼宣が口の端をゆがめた。

「女子供も逃すなと命じておいた」

「おのれっ」

殺気の籠《こ》もった目で導師がにらみつけた。

「主殺《しゅうごろ》しは、九族根絶やしが法だ。忠義の対極にあるからな。わかっていてやったのであろう」

頼宣がゆっくりとした動作で槍をしごいた。

「くっ」

穂先を向けられた導師が、逃げだそうと膝をたわめた。

「おうおおおおおおお」

頼宣がすさまじい声をあげた。戦場往来の経験ある武将だけが出せる雄叫《おたけ》びであった。

「ひっっ」

「うわっ」

光貞や中屋敷の藩士たちが、放たれた頼宣の気にあてられ、腰を抜かした。

「…………」

導師も一瞬固まった。

「おおお」

雄叫びをあげ終わった頼宣が、すばやく槍を突き出した。

「……しまった」

なんとか束縛を解き、導師は動いた。が、頼宣の槍は速かった。

「ぐううう」

腰を貫かれた導師がうめいた。

「ほう。胸を突いたつもりだったが、かわしたか。なかなかと褒めてやろう。だが、それまでだ」

頼宣がそのまま槍を右へ振った。

槍の穂先は両刃の刃物である。突き立った刀を動かすのと同じことを頼宣がした。

「ぎえええええ」

肉を裂かれた導師が耐えきれず、絶叫した。

「止《とど》めを刺せ」

腰を半分裂かれて、倒れ伏した導師から頼宣は槍を離した。

「はっ」

大槌を遣った藩士が、得物《えもの》を太刀に替えて導師へ近づいた。

「ううっっ」

うめいた導師が薄く目を開けた。

「離れろ」

頼宣が叫んだ。

「…………」

咄嗟《とっさ》に藩士が後ろへ跳びのくなり、導師の身体《からだ》が爆散した。

「なんの」

爆音に驚いて暴れる馬から、頼宣はたくみに下りた。

「大事ないか」

頼宣が問うた。

「少々やられました」

大槌を扱っていた藩士の左足が焼け焦げていた。

「医師を呼べ、光貞」

「は、はい」

腰を抜かしていた光貞が這《は》うようにして奥へ入っていった。その後を頼宣の家臣が二人付いていった。

「終わったの。これで五年は余に逆らう者はでまい。やれ、足を引っ張るしか能のないやつばかりじゃ」

頼宣が嘆息した。

二

御台所から手紙が来ては、無視するわけにはいかなかった。

家綱は久しぶりに大奥へと渡った。

「珍しいの、御台が躬《み》を呼ぶとは」

御台所の居室を訪れた家綱は、御台所顕子へ笑いかけた。

「最近お出《い》でくださいませぬので、寂しくなりました」

顕子もほほえんだ。

「どうぞ」

二人の隣で、顕子付きの中臈が茶を点《た》て、家綱へ供した。

「いただこう」

家綱は顕子へ一礼して、茶を喫した。

将軍は大奥では客扱いである。本来は客座敷である小座敷へ入るのだが、御台所のもとへ行くときだけは、その局《つぼね》へ招かれた。

「上様」

「なんだ」

「新しい側室をお迎えになられるとのこと、お慶《よろこ》び申しあげまする」

顕子があらたまって祝いを述べた。

「迎えた覚えはないぞ」

はっきりと家綱は否定した。

「では、新しい局は上様の御命ではございませんの」

予想外だと顕子が首をかしげた。

「一度は閨《ねや》を共にしたが。それっきりだ。局の話を聞くまで忘れていたくらいだからな」

「それは、ずいぶんと失礼な」

顕子が笑った。

「まったくだ」

家綱も笑った。

「では、なぜ、新しい局を」

「躬に大奥を思い出させるためであろう」

「なるほど」

説明に顕子がうなずいた。

「たしかに上様は、大奥へお見えくださいました。新しい局の意味もございました」

「顕子が呼んだからだ」

うれしそうに言う顕子へ、家綱が苦笑した。

「そのお言葉はかたじけなく存じますが……」

少し、顕子が言いよどんだ。

「なんだ」

家綱が先を促した。

「……新しく上様が側室をお持ちになると聞かされなければ、とても手紙など出せませんでした」

「そうか。そういえば、御台から文《ふみ》をもらったのは、久しぶりであったな」

思い出すように家綱が述べた。

「上様」

顕子が姿勢をあらためた。

「新しい局が上様のご意志でないとするならば、大奥であまりよろしくないことがはじめられておりまする」

「のようだな。御台も知らなかったとなれば」

家綱も表情を引き締めた。

「大奥の主《あるじ》は御台所といわれておりますが、そのじつは違いまする。大奥はすべて上臈《じょうろう》たちの手のなか」

「…………」

無言で家綱が同意を示した。

「上臈たちにとって、大奥はすべてなのでございまする。己の家であり、禄であり、そして権。あの者たちは、今回、わたくしだけではなく、上様まで飾りにしようといたしました」

静かに顕子が怒りを表した。

「このままでは、大奥に上様をお迎えするわけには参りませぬ」

一度、顕子が言葉を切った。

「わたくしにお任せをいただけませぬか」

「大奥のことならば、御台の思うがままにしてよい。入り用なことやものがあれば、遠慮なく言ってくれれば手配する」

「ありがとうございまする」

一礼した顕子が、部屋の隅で控えていた中臈へ顔を向けた。

「春日野《かすがの》、京へ人をやって手配をな」

「はい」

命じられた春日野が平伏した。

「京……」

家綱が怪訝《けげん》な顔をした。

「はい。上様のお気に召す女を探しだしまする」

「側室をか」

「そうすれば、御台所と側室、二人が手を携えれば、いかに上臈といえども逆らえますまい。大奥の現状を隠せなくなりまする」

「隠せなくなるとはどういうことだ」

疑問を家綱が口にした。

「上臈が表へ出した嘘《うそ》をすべて無駄にできまする。御台所と寵姫《ちょうき》にしかできぬ方法で」

楽しそうに顕子が言った。

「御台所と寵姫にしかできぬ方法とはなんだ」

「男と女が二人きりでかわすもの。睦言《むつごと》でございまする。これればかりは、上臈といえども防げませぬ」

顕子が艶然《えんぜん》と笑った。

根来組を壊滅させた頼宣は、その翌日、行列を仕立てて深室家を訪問した。

「き、紀州大納言さま、お見えでございまする」

主の許可なく大門を開けることはできない。門番足軽が深室作右衛門のもとへ駆けこんできた。

「なにっ」

非番日である。遅めの昼餉を終え、好きな囲碁を一人楽しんでいた作右衛門が跳びあがった。

「ご門前に御駕籠《おかご》が」

「お待たせしているというか。た、ただちに門を開け、玄関までお乗りこみいただけ。すぐに儂《わし》も着替えてお迎えに出る」

「は、はい」

門番があわてて走っていった。

「客間の用意をいたせ」

袴《はかま》を着けながら、作右衛門が怒鳴るように命じた。

「ただちに」

やはりおろおろしていた家士が、することを見つけたとばかりに動き出した。

大門を開いた門番は、一瞬固まった。潜り門に付けられた覗《のぞ》き窓から見た以上の風景がそこにあった。

頼宣の駕籠を囲むように百をこえる紀州藩士がひしめいていた。

「門番」

供頭《ともがしら》らしい初老の藩士が、門番へ声をかけた。

「あ、玄関までお乗りこみいただきますよう」

我に返った門番が言い、急ぎ片隅で平伏した。

「御駕籠をなかへ」

槍持ちを他家の門前へ入れるのは無礼になる。槍持ちの中間《ちゅうげん》が門脇へそれ、駕籠脇の供侍がゆっくりと歩き出した。続いて駕籠が門を潜った。

「まだ主お迎えの用意ができておりませぬ」

深室家の家士頭が、供頭へ囁《ささや》いた。目上の客を当主が出迎えないのは非礼であった。

「承知いたしております る」

わかっているとうなずいた供頭が、駕籠を担いでいる陸尺《ろくしゃく》たちへ手をあげて合図をした。すでに玄関式台へ横付けされていた駕籠は、おろされることなくその場で足踏みを始めた。これは、陸尺の足が止まるまでは移動しているというごまかしのようななものである。こうやって当主の遅れをなかったことにできた。

「お待たせを」

息も荒く作右衛門が玄関まで来て、膝をついた。

「ご到着」

供頭が大声を上げ、陸尺が足踏みを止め、駕籠をおろした。

「ご無礼つかまつりまする」

片膝をついた供頭が、駕籠の扉を開けた。

「ご苦労である」

なかから頼宣が出てきた。

「深室作右衛門であるか。余は徳川大納言である」

「はっ」

玄関式台で平伏している作右衛門へ頼宣が声をかけた。

「不意の来訪、申しわけなく思うぞ」

「いえいえ。よくぞご来駕《らいが》くださいました。どうぞ、狭いところではございまするが」

詫びた頼宣へ首を振って、作右衛門が客間へと誘《いざな》った。

「ようこそお出でくださいました」

客間で座を決めた作右衛門が、もう一度礼を述べた。

「歓待に感謝するぞ」

頼宣が応じた。

「本日は当家に御用でも」

あいさつを終えて作右衛門が問うた。

「賢治郎は、そなたの娘婿だな」

「……賢治郎がなにかご迷惑を」

作右衛門がおずおずと訊いた。

「娘婿かどうかを尋ねたのだぞ」

少し声を低くして頼宣が重ねた。

「婚を約してはおりまするが、まだ正式に夫婦とはなっておりませぬ」

うまく作右衛門は逃げた。

もし頼宣の来訪が、深室家への悪報となるならば、賢治郎はまだ婿ではないと言い逃れでき、吉報ならば婿同様とできる。

「なるほど。となればまだ婿ではないな」

「は、はい」

そう言われれば、作右衛門は首肯《しゅこう》するしかなかった。

「ならばよい」

満足そうに頼宣が首肯した。

「あのなにが……」

「賢治郎を呼んでもらおう」

質問しようとした作右衛門を、頼宣が遮った。

「……賢治郎をこれへ」

一瞬表情を硬くした作右衛門だったが、紀州家相手に喧嘩《けんか》することはできない。すぐに廊下で控えていた家士へ命じた。

「お呼びでございまするか」

すでに頼宣が来たことは知っている。賢治郎は警戒しながら、客間前の廊下で膝をついた。

「おう、来たか」

頼宣が満面の笑みを浮かべた。

「先日は助かったぞ。今日は、その礼にな」

「わざわざお出でいただかなくとも。当然のことをいたしただけでございまする。どころか、かえってご迷惑であったかも知れませぬ」

賢治郎は首を振った。目の前の頼宣を思いきり二度も殴ったのだ。作右衛門が知れば、気を失いかねなかった。

「死ぬかと思ったのはたしかだ」

「な、なにを」

笑いながら言う頼宣に、作右衛門が焦った。

「ご勘弁を」

そう願うしか賢治郎にはなかった。

「相変わらず固いな。まあ、そういうところもよい」

頼宣が笑いを納めた。

「さて、賢治郎。そなた養子に来い」

「なにを」

「……どういうことでございましょう」

淡々と告げた頼宣に、作右衛門、賢治郎ともに驚いた。

「あいにく、余にそなたと娶《めあわ》す娘がおらぬ。孫はおるが、歳ごろが悪い。だが、ぜひともそなたを余は欲しいと思う。そこへ、三浦長門守がな」

ちらと頼宣が、右後ろで控えている三浦長門守を見た。

「娘の婿に迎えたいと言い出しての。長門守」

そこまで述べて頼宣は後半を三浦長門守へ任せた。

「はい。幸いわたくしには側室の産んだ娘がおりまする。今年で十六歳になりまして、そろそろ嫁入りをと考えておりました。どうせ嫁にやるならば、ものの役に立つ者のもとにと思っていたところ、先日の貴殿のご活躍」

三浦長門守が話した。

「家には長男がおるゆえ、家督を譲ってやるわけにはいかぬが、千石ほど娘に持参金として付けようほどに、来てもらえぬか」

紀州藩家老とはいえ、三浦家は一万五千石と大名であった。もともと三浦家は関東の名門三浦氏の流れを汲《く》んでおり、家康の江戸入府のおりに召し出された。家康が隠居したとき、駿河へ供をし、そのまま頼宣のもとへ移った。いわゆる、家康の遺臣の一人であった。

「心配いたすな。このあと上様へお目通りをいたし、余からお話をする。もちろん、紀州家へ来てくれればなによりうれしいが、賢治郎のお役目もある。旗本として別家《べっけ》できるようお願いして来る」

頼宣も口添えした。

「……………」

予想していなかった縁談に、賢治郎は戸惑った。

「もちろん、これで功績への褒賞を終えるつもりはないぞ。別家が許されれば、余から祝いとして二千石を贈ろう。婚姻の祝いと言い換えてもよいぞ」

さらに頼宣が追加した。

「合わせて三千石、そなたの実家と肩を並べるな」

「実家と同格……」

賢治郎の脳裏に兄主馬の顔が浮かんだ。

「どうだ」

「お、お待ちくださいませ」

呆然と聞いていた作右衛門が、ようやく口を挟んだ。

「二千石の褒美とは、いったいなんのことか、ご説明をいただけませぬか」

「そなたにはかかわりあるまい。賢治郎は婿ではないのであろう」

あっさりと頼宣が拒んだ。

「いえ、賢治郎は深室の姓を名乗っておりますことから、おわかりいただけますように、当家の者でございまする。その賞罰はすべて当主であるわたくしに帰属いたしまする」

作右衛門が強く主張した。

「そうか。罰もそなたが受けるというのだな」

「……え」

また口調の変わった頼宣に、作右衛門が混乱した。

「罰もございますのか」

作右衛門の腰が引けた。

「あるな。賢治郎は余を二度も殴った」

「げええっ」

頼宣の言葉に作右衛門は絶句した。

「長門守、余を殴った旗本の罪はどうなる」

「旗本でございますので、当藩独自で処罰するわけには参りませぬ。まず幕府へ届け出て、目付へ預けることとなりましょう。神君のご直系に暴力となれば、よくて改易、悪ければ切腹でございましょう」

問われた三浦長門守が淡々と告げた。

「となれば、作右衛門、そなたも連座じゃな」

幕府の法で、罪は一族にも及んだ。家中の不始末は当主の責任となる。たとえかかわっていなかったとしても、無事ではすまなかった。

「……………」

作右衛門が沈黙した。顔色がなくなり、小刻みに身体が震えた。

「大納言さま」

震える作右衛門を哀れに思った賢治郎が口を挟んだ。

「遊びが過ぎたか」

あっさりと頼宣が笑った。

「訴えるなどせぬわ。命を助けられた恩を仇《あだ》で返すようなまねをするほど、余は落ちぶれておらぬ。もっとも、これは賢治郎だけじゃ。他の者となれば、ただではすまさぬ」

頼宣が重く言った。

「さらに、根来のことではお手助けをいただいたようで。おかげさまで下屋敷は、もぬけの殻に近い状態でございました」

三浦長門守が付け加えた。

「…………」

勝手にやったことである。それも紀州家のためだけではないのだ。根来を生かすことで、紀州家の動きに制限をかけたいと考えた結果である。礼を言われて、逆に賢治郎は困った。

「火種が散ったとお考えではございませぬのか」

「ふん。すでに火消しの用意はできている」

鼻先で頼宣が笑った。

「おそれいりましてございまする」

態度でものの数ではないと示した頼宣へ、賢治郎は一礼した。

「さて、そろそろ上様へお目通りを願うに、出なければならぬ。返答は三日後までに紀州家上屋敷へよこしてくれればよい」

「承りましてございまする」

この場での返答を賢治郎は避けた。少し余裕が欲しいというのもあったが、なにより好機だと思ったからであった。

「お見送りを」

「不要じゃ。賢治郎、ついて参れ」

申し出た作右衛門を断り、頼宣は賢治郎を指名した。

「はい」

賢治郎は立ちあがった。

「深室、これで恩は返したぞ」

「………」

意味がわからず、賢治郎は答えようがなかった。

「わからなかったか。そなたに褒美がついてくるのだ。それも二千石もな。それをむざむざあきらめる男か」

頼宣が後を指さした。

「では、わたくしと三弥どのの婚姻を」

「あわてなすだろうな。ただの厄介者《やっかいもの》だった婿に二千石の持参金だ」

小さく頼宣が笑った。

「……それは」

賢治郎が息を呑んだ。

「知っておるぞ、そなたの経歴はな。もと上様のお花畑番で、腹違いの兄に疎《うと》まれ、実家を出されたこともな。そして、深室でも婿でなく中途半端な位置のままだということもすべて知っておる」

「………」

「気にするな。失意は人を育てる。余を見ろ。天下人の跡継ぎといわれながら、兄に疎まれ、今は紀州の田舎藩主だ。おう、そなたと同じよな」

頼宣が賢治郎の肩を叩いて、続けた。

「表高は変わらぬとはいえ、駿河と紀州では違いすぎる。駿河は実高が百万石をこえていただけでなく、東を箱根《はこね》、西を大井川《おおいがわ》に守られた天険の地。江戸に近く、参勤するにも五日もあればすむ。対して紀州は表高ほどのものなりはなく、江戸には遠い。さらに乱世坊主どもが国を治めていたこともあり、寺の力が強く、扱いにくい。そんなところへ追いやられたおかげで、余は折れなかった」

「折れなかった……」

「逆境こそ、己を鍛えるということだ。あのまま駿河にいたならば、天下がもらえなかったという不満をいつの間にか、豊かな駿河の地に吸い取られ、贅沢《ぜいたく》に流れて気概さえなくしていただろう。いや、兄秀忠のことだ、紀州移封を拒めば、忠輝《ただてる》のように謀叛として潰されていたかも知れぬ。それを思えば、紀州へ行かされた苦労など、なんでもない」

玄関についても、頼宣は駕籠に乗ろうとせず続けた。

「苦労はしておけ。若いうちにな。それが老いてから実りになる」

「はい」

「ただ……」

頼宣が間を開けた。

「なんでございましょう」

賢治郎は先を促した。

「実りを手にしてからの、ときは短い」

「うっ……」

言葉の重さに賢治郎は声を失った。

「ゆえにためらうわけにはいかぬ。ここで迷えば、余の生涯が意味のないものとなる」

「大納言さま」

賢治郎は頼宣の顔を見つめた。

「どうなるかは、わからぬ。知略を練り、ときと地の利を手にしていても、負けるときがある。それが天理というものだ。余が天理に押さえこまれるか、それとも優《まさ》っているか。結果はそう遠くないうちに出よう」

「天下に乱れを呼べば、多くの人が被害を受けることになりまする」

謀叛とは言わず、賢治郎は頼宣を諫《いさ》めた。

「それを理解しても我慢ができぬ。ゆえに野望というのだろう。力があれば天下を取れた。余はそれを見てきた。知らねば、生まれたままの待遇を疑問に思わず、生涯をすごせたであろうがな」

言い終わると、頼宣は駕籠のなかへ身を滑りこませた。

「されど……」

「意見は聞かぬ」

追うように言いかけた賢治郎を、頼宣が封じた。身分が違いすぎる。

「ご無礼を」

賢治郎は詫びた。主が道を踏みまちがえないようにとの諫言《かんげん》ならばできた。だが、頼宣は主筋ではあっても、賢治郎の忠誠を受ける主ではなかった。

「婿の話はなしとする」

「はい」

「借りを作る気はないのでな、二千石は与える。ただし、儂が天下の主となるか、死したときに」

「つっ」

あからさまな謀叛の宣言に、賢治郎は息を吞んだ。

「また遊びにこい。出せ」

言うだけ言って、頼宣は駕籠の戸を閉めさせた。

「お発《た》ち」

紀州家の行列が、去っていった。

見送りを終えた賢治郎は、玄関先で立ちふさがる作右衛門の姿を目にした。

「賢治郎。そなたは深室の者である。三浦長門守の娘御などとの婚姻は許されぬ。そなたには、すでに三弥がおる」

「………………」

頼宣の考えたとおりの反応をした作右衛門に、賢治郎は情けない思いを隠せなかった。

「紀州家より二千石を褒美としていただけるならば、急がねばなるまい。これで深室家も二千六百石。勘定奉行、いや、町奉行も夢ではない」

一人はしゃぐ作右衛門を残して、賢治郎は自室へ戻った。

「紀州さまがお見えだったそうで」

部屋では三弥が待っていた。

「父がずいぶんと喜んでおりましたが……わたくしと賢治郎さまの婚姻をすぐにでもしなければとか」

「じつは……」

賢治郎は頼宣の話を語った。

「さようでございましたか」

すぐに頼宣の意図を感じ取った三弥が、赤坂御門のほうへ、身体の向きを変え、深く腰をおった。

「ところで、三浦長門守さまのお姫さまとはどのようなお方でございましょう」

三弥が賢治郎へと向きなおった。

「会ったこともござらぬ」

「さようでございましたか。足繁《あししげ》く紀州さまをお訪ねになられていることから、ご存じかと思いました」

「身分が違いすぎましょう」

「それを言い出せば、深室とあなたさまのご実家松平家では身分が違いまする」

三千石寄合旗本と六百石の旗本では同席できないほどではないが、大きな格差があった。本来三千石の家は、大名家と縁組みするのが普通であり、妾腹で生母の身分が低いなどでも千石以下と縁を結ぶことはまずなかった。

「まあ、よろしゅうございましょう。わたくしはあなたさまから父へ願っていただきたかったのでございますが、よしといたしまする」

やっと三弥が表情を和らげた。

「近日中に婚礼となりまする。よしなにご支度を」

「…………」

黙って賢治郎はうなずくしかなかった。

三

翌日、登城した賢治郎は、頼宣とのやりとりを家綱へ報告した。せざるをえなくなった。

「……そうか」

聞き終わった家綱の表情は険しかった。

「ご報告が遅れましたことは幾重にもお詫びいたしまするが、毒のことは紀州家のなかでのこと。上様のお心をわずらわせるほどのものではないと」

「紀州に傷をつけたくなかったのであろうが」

あきれた顔で家綱が言った。

「躬とて、一族を咎《とが》めたいとは思わぬわ」

「おそれいりましてございまする」

賢治郎は家綱の賢察に一礼した。

「しかし、おろかな。父を殺して当主となっても意味などないであろうに。家臣どもが付いて来ぬ。そのていどのことさえ気づかぬようでは、藩主としていささか資格にかけるな」

家綱が嘆息した。

「しかし、二千石か。大叔父どのは、なかなか思いきった手を打ってくれるわ。これでは、躬が賢治郎の働きに報いておらぬように取れる」

苦笑を家綱が浮かべた。

「そのようなことはございませぬ。わたくしは上様より、十二分に遇していただいておりまする」

あわてて賢治郎が首を振った。

「のう、賢治郎よ」

家綱が真顔になった。

「本当のことを申せ。決して偽りを言うな。こればかりは許さぬ。よいな」

「はい」

賢治郎は気を引き締めた。

「深室の家を出たいか」

「…………」

即座に否定の言葉を賢治郎は返せなかった。

「飾りとはいえ、躬には賢治郎一人を取り立ててやるくらいの力はある。小納戸を続けてもらわねばならぬゆえ、何千石というわけにはいかぬが、千石くらいならば、明日にでも別家させてやれる」

役目にはそれぞれ格式があった。それが役高である。その役職に就くのにふさわしい石高というのが決まっている。千石高の目付に二百石から選ばれることはなく、百俵高の勘定方にいくら算勘に通じていても二千石の旗本は就けない。小納戸の役高は五百石である。将軍の身の廻りの世話をするという役目上、特殊な技能や技術、側近くに仕えるだけの出自などいろいろな条件があるため、他の役目よりも就ける格は広い。目通りできるおおむね二百石から、千石くらいまでが小納戸になれた。さすがに千石というのは、小納戸は踏み台でしかなく、数年以内に小姓組や書院番組へと転じていくのがほとんどであるとはいえ、いてもおかしくはなかった。

「……お心遣いをいただきましたこと、深く感謝いたしまする」

しばらく沈黙した賢治郎は、静かに口を開いた。

「二カ月前、いえ、一カ月前でありましたならば、上様のお言葉にすがりついていたと思いまする」

「ほう」

家綱が少し目を大きくした。

「ご諚《じょう》まことにありがたきながら……」

将軍の厚意への断りは最後まで言わないのが礼儀であった。

「なにがあったと訊くまでもないな。三弥であろう」

「……はい」

賢治郎は認めた。

「抱いたか」

ほほえみを浮かべて、家綱が問うた。

「いえ」

顔を赤くしながら、賢治郎はまだだと告げた。

「ほう。まだだというか。そうか、惚《ほ》れたな」

「惚れた……」

言われて賢治郎は、すとんと胸に落ちるものを感じた。

「ああ」

賢治郎は納得した。

「ようやく賢治郎にも春が来たか」

家綱が笑った。

「これは愉快である。いや、少し寂しい気がするの」

「寂しいでございまするか」

「当たり前じゃ。ずっとそなたの心を躬が一人占めしていたのだ。それを三弥と折半《せっぱん》せねばならなくなった」

「なにを。上様と比べるなど畏《おそ》れ多《おお》い」

顔色を変えて賢治郎が恐縮した。

「戯れじゃ。そのようなこと心配しておらぬ。紀州の大叔父と比べられるというならば、嫉妬《しっと》もするが、三弥相手では気にせぬ」

手を振って家綱が否定した。

「……うらやましいの」

不意に家綱が漏らした。

「上様……」

怪訝な顔で賢治郎は家綱を見た。

「躬には惚れたという気持ちがわからぬ。御台のことはたいせつに思う。だが、なにか違う気がする。会えなくとも困らぬ。もちろん、気にはかけているぞ。身体の調子は悪くないかとか、足りぬものはないかとかな。だが、求めてまで会いたい、話をしたい、閨を共にしたいとは、思わぬ」

家綱が困惑していた。

「御台でさえ、そうなのだ。他の女などどうでもよい。仕事だと思えばこそ、閨に呼んでおる。ただ、他の女より好ましい容姿をしているとは思うが、愛《いと》おしいとは感じておらぬ」

「………」

浮かれていた気分が一気に冷えるのを、賢治郎は自覚した。

「すまぬ。愚痴《ぐち》であったな」

賢治郎の顔を見て、家綱が詫びた。

「いえ。上様のご不満をお聞かせくださる。これもわたくしだけの特権。光栄でございまする」

「そう言ってくれると気が楽になる」

家綱が頬を緩めた。

「紀州の大叔父に負けぬよう、躬もなにか祝いを考えねばならぬの」

「とんでもございませぬ」

大いに賢治郎は焦った。

「それくらいはさせよ。躬はそなたになにも報いてやっておらぬ。ああ、否定するなよ。それは忠義を認めぬことに繋《つな》がるぞ。恩とご奉公の前提を崩すことになる」

「……ありがとうございまする」

賢治郎は礼を言うしかなかった。

「楽しみに待て。他にはなにかあるか」

「わたくしからは以上でございまする」

賢治郎は報告を終えた。

「では、躬から二つほど気になる話がある」

「………」

姿勢を正し、心持ち頭を下げて、賢治郎は家綱の話を聞いた。

「一つ目は綱吉に側室ができたそうだ」

「綱吉さまは、まだ十六歳でおわされたのでは」

「十七歳だな」

「お若い」

訂正されても、賢治郎は驚きを隠さなかった。

「そうでもなかろう。綱重などたしか十四かそこらで手を出していたはずだ。まあ、出したのか、出さされたのかは疑問だがな」

家綱が頬をゆがめた。

大名の若君などにはままあることであった。将来の出世を見こした女中が、わざと二人きりになるように画策し、男女の仲へと誘導するのだ。

「めでたいことには違いないが……甲府が黙って見ておるまい」

「……そうなりましょうか」

兄弟とはいえ、綱重と綱吉は五代将軍を巡って争っている。もちろん、本人同士が直接いがみ合っているわけではないが、それぞれに付いている者たちの間で戦いはおこなわれていた。それがそれぞれの子供を産むかも知れない女に及ぶのは当然であった。

「先に跡継ぎを産まれては困ろう」

「……上様」

「大奥は大事ないぞ」

見上げる賢治郎の心配を家綱が理解した。

「大奥は将軍の夜を担うだけでなく、次代の傅育《ふいく》も任である。もし、大奥で躬の血筋になにかあれば、大奥はその在《あ》る意味を失う。執政どもが許さぬ。躬もな。大奥は必死で吾が子を守ってくれるはずだ」

「それならばよろしゅうございまするが」

賢治郎はまだ疑念を残していた。

「もう一つは……どうやら綱重の側室が孕《はら》んだらしい」

「まことでございまするか」

家綱の言葉に賢治郎はおもわず確認を求めてしまった。

妊娠しても無事に産まれるか、産まれても無事に育つかわからないのだ。通常大名家などは、正室や側室の懐妊を幕府へ届け出たりしなかった。なにかあったときに、あらぬ疑いをかけられて、お家騒動扱いされても困るからである。同様に子供が無事に産まれても、四歳になるまで届け出ないのも慣例であった。

「わざわざ報《しら》せてきおったわ」

「綱重さまが」

「いいや、順性院がな。時候の挨拶の文のなかにもうすぐ産まれると書いてあったわ。家光さまにとって孫に当たるお方でございますので、お報せをと書かれては、文句も言えぬ」

小さく家綱がため息をついた。

「このことは館林さまにも」

「わからぬ」

家綱が首を振った。

「とにかく、もめ事のもとであることはまちがいない。どちらが馬鹿をしでかすかはわからぬが、気を配れ」

「承りまして候」

賢治郎は平伏した。

四

静の臨月が近づいたこともあり、順性院は毎日のように、息子綱重のいる竹橋御殿《たけばしごてん》までかよっていた。

前将軍の寵姫も、今は落髪し御用屋敷で、静かに家光の菩提《ぼだい》を弔う日々を送らなければならない。大奥で上様の寵愛を競ったころの華やかさは、影も形もなくなる。とはいえ、さすがにあるていどの待遇は与えられた。順性院の用を一手に握る用人一人、実務を担当する目見え以上の役人が二人、貸与される駕籠一挺《ちょう》の陸尺として駕籠かき女中が四人、身の廻りの世話をする中臈が一人、目見え以上の女中が四人、目見え以下の雑用を担う女中が四人、そして警固のための侍である。このうち警固の侍は、順性院だけのためではなく、桜田御用屋敷番として勤務している大番士が、交代で外出の供をした。

普段は用人が供をし、外出先との交渉をおこなうが、他に外せない用もあり、かならずしも同行できるとはかぎらなかった。

この日、用人山本兵庫は、順性院の側《そば》を離れていた。綱吉の側室伝を襲う算段をつけるためであった。初めて女を知り、夢中になった綱吉が、伝を側から離さないため、外へ出て来ないのだ。ために襲撃できないまま日が経《た》っていた。それを順性院から指摘された山本兵庫は、なんとか手立てはないかと、江戸の闇に伝手《つて》を求めて別行動していた。

「おらぬな」

黒鍬者《くろくわもの》の弥助が行列の様子を窺《うかが》った。

「だな」

同僚が首肯した。

「供の侍はどうだ」

弥助が大番士の足運びを見た。

大番士はその名前のとおり、戦のとき主力となる旗本のことである。一通り剣を遣えて当たり前であった。

「三人ほどできそうだな」

「うむ」

黒鍬者が顔を見合わせた。

「こちらは五人、不意を襲えば倒すにそれほどの手間はかかるまいが……」

「一瞬とはいくまいな」

難しい顔を弥助がした。黒鍬者は武芸の達者というわけではない。手裏剣などの飛び道具を得手ともしていなかった。

「こちらの被害もなしというわけにも……」

同僚の黒鍬者が口ごもった。

大坂の陣以降戦いに加わっていない黒鍬者は泰平に慣れてしまっていた。一部は天《あま》草《くさ》の乱に出たとはいえ、兵としてではなく、島原《しまばら》城の土竜《もぐら》攻め検討のためであり、槍や刀を持って戦ったわけではなかった。

黒鍬者はおびえていた。賢治郎一人のために受けた被害の大きさが、黒鍬者を慎重にしていた。

「しかし、このまま見逃すわけにはいかぬぞ。小頭から厳しく言われてもおるし、なにより伝、いや、お伝の方さまのご機嫌をそこねるわけにはいかぬ」

自らを鼓舞するように、弥助が口にした。

「紀州家へも対応できておらぬ」

「あれは無理だ」

黒鍬者が首を振った。

穴を掘って頼宣の駕籠を落とせといわれても、江戸の道は紀州家だけが通るわけではなかった。他の大名も使う。もし、予定でない大名がはまって、表沙汰《おもてざた》にでもなれば黒鍬者の責任となる。

「小頭も焦りすぎだ」

同意だと歳嵩《としかさ》の黒鍬者が嘆息した。

「だが、こちらはなんとかせねばまずい」

弥助が額にしわを寄せた。伝の命令には従わねばならない。拒めば、将来の出世から己だけがはぶかれる。

「のう、弥助」

歳嵩の黒鍬者が口を開いた。

「我らには我らの戦いかたがあろう。なにも伊賀者や武家のようにせずともよいのではないか」

「己吉《こきち》どのよ、どういうことだ」

「江戸の道を熟知しておる我らならば、順性院さまが竹橋御殿へ向かわれる路《みち》のことなど、手にとるようであろう。どこになにがあり、どうすればどうなるかも」

「はっきりとお願いできぬか」

話し合っている間にも行列は進んでいく。焦《じ》れるように弥助が言った。

「駕籠が渡っている最中に橋を落とせば……順性院さまは泳げまい」

「おおっ」

弥助が手を打った。

「その手があったか。鋸《のこぎり》はあるな」

残った黒鍬者たちが、弥助の確認に懐へ手をいれた。

「どこがいいと思われる己吉どのよ」

「今からどこかに細工するときはなかろう。帰りを狙うことになる。となれば、比丘《びく》尼橋《にばし》がよいのではないか」

「ふむ。比丘尼橋か」

比丘尼橋は数寄屋橋《すきやばし》と鍛冶橋《かじばし》の間、西紺屋町《こうやちょう》と北紺屋町を分ける水路にかかる小橋である。

「あそこならば、数寄屋橋御門、鍛冶橋御門のどちらからも見えぬな」

弥助が納得した。

「何人いればできる」

「三人で二刻（四時間）、二人ならば三刻（六時間）」

若い黒鍬者が答えた。

「今はまだ四つ（午前十時ごろ）を過ぎたところか。三刻となれば……七つ（午後四時ごろ）、少し厳しいな」

弥助が計算した。

「他助《たすけ》、二兵衛《にへえ》、佐任《すけ》せる。吾と已吉どのの二人で順性院さまを見張る」

「承知したが、よいのか。順性院さまが、比丘尼橋を通るとはかぎらぬぞ。桜田から竹橋までならば、お城のなかを通ったほうが早い」

今日初めて順性院の後を追う任についた二兵衛が疑義をはさんだ。

たしかにいうとおりであった。桜田の御用屋敷から、綱重の館までは、日比谷《ひびや》御門から八代州《やよす》をお城の内濠にそって進み、辰ノ口《たつのくち》、大手門《おおてもん》を経由して竹橋御門へいたるのが普通の経路であった。

「大丈夫だろう。ここ連日、お城の外を回られている」

はっきりと弥助が首を振った。

「八代州や大手門まえは他人目《ひとめ》につく。そうでなくとも女駕籠は目立つのだ。毎日、母親とはいえ、前将軍の側室が息子に会いに行くのは、外聞が悪い。甲府さまはまだ乳離れされていないと噂になってはまずいであろうからな」

弥助が断言した。

黒鍬者は行列の整理を担当する。毎朝、駕籠など見飽きるほど見ている。それでも女駕籠を目にすることはそう再々ない。黒鍬者でさえそうなのだ。大手門の番士たちが女駕籠を見ることなどまずないだけに、通れば忘れはしない。女駕籠の特徴から、陸尺の顔まで覚えてしまう。毎日となれば、それこそ噂になって当然であった。

また、女駕籠には乗っている人物所縁《ゆかり》の紋が入っている。誰の駕籠かなどすぐに知れた。

「わかった。行こう」

三人が駆けていった。

「我らも急ごう」

己吉がうながした。


毎日かよったところで、子が早く産まれるわけでもなかった。

「どうじゃ、静」

順性院が昨日と、いやずっと同じ問いをかけた。

「大事ございませぬ」

「和子《わこ》さまはどうだ」

「先ほどもお腹のなかをお蹴《け》り遊ばされました」

うれしそうに静が腹を撫《な》でた。

「おお、おおお。お腹を。これは男子に違いない。宰相さまも、妾《わらわ》の胎内におられたときは、よくお蹴りくだされた」

うれしそうに順性院が言った。

「そうか。そうか。ならば、無理などするなよ」

静を労《ねぎら》った順性院が、同席している女中、医師を見回した。

「わかっておろうが、和子さまに万一あれば、無事ですむと思うな」

表情を一変させてすごんだ。

「ご勘弁くださいませ」

そこへ甲府家家老新見備中守が現れた。

「お方さまにお言葉をいただかなくとも、精進いたしておりまする」

「念には念をいれよと申すではないか。宰相さま最初のお子さまであるぞ」

順性院が反論した。

「承知いたしておりまする。それより……」

新見備中守が声をひそめた。

「お静さまが怖がられておられまする」

「それはいかぬな」

言われた順性院が表情を曇らせた。

「下世話に申せば、順性院さまとお静さまは、姑《しゅうとめ》と嫁」

「脅かしてはいかぬか。やれ、春日局さまを思い出したわ」

順性院が嘆息した。

家光の乳母春日局は、側室たちに厳しかった。それを順性院が思い出した。

「わかった。今日は帰るとしよう」

「見送りの者を付けましょう」

すばやく新見備中守が続けた。

「気に染まぬことをする」

嫌な顔を順性院がした。見送りの者をつけるとは、これ以上の長居はしないでくれという意味であった。

「今は、和子さまが無事にお産まれになられることこそ肝要でございまする。あまりお静さまの側におる者を怯《おび》えさせるのはよろしくないかと」

「そう言われては、なにも返せぬではないか。まったく」

不満を口にした順性院だったが、すぐにほほえんだ。

「しかし、それでこそ宰相さまの補佐ができる。頼もしく思うぞ、備中守」

袖《そで》の陰で、順性院が一瞬、新見備中守の手を握った。

「お方さま」

新見備中守の鼻息が荒くなった。

「駕籠の用意を」

さらに近づこうとする新見備中守から、すっと距離を取って、順性院が命じた。

「あっ」

離れていく順性院に、新見備中守が情けない声を出した。


藩主の母で前将軍の側室というのは、微妙な立場であった。正室でない場合、いかに男子を産んでも奉公人でしかなく、己の子よりも格下のままである。しかし、儒教では、子は親を敬わねばならないと教えている。順性院の駕籠の出入りに、竹橋御殿の大門を開くかどうか、藩内でも難しい問題であった。周囲の目を気にする者は開くべきではないと主張し、藩主公の母に潜り門を使わせるなど論外という者たちと対立していた。

「桜田御用屋敷から、順性院さまがお客として見えられている」

客は多少の身分の差があっても、招いた側と同格であるという茶道の心を利用した新見備中守の折衷案がとおり、順性院の出入りにも大門はおおきく開かれた。

「出てきたぞ」

竹橋御門を見渡せる濠際でしゃがんでいた己吉が弥助の脇腹をつついた。

「長かったな。もうそろそろ七つだぞ」

じっとしていたことで固まった筋を伸ばすように、弥助が身を揺すった。

「まあ、そのぶん、準備は十分整っただろう」

慰めるように己吉が言った。

「でござるな」


「よし、まっすぐ行ったぞ」

目で駕籠を追っていた己吉が手を叩いた。遅くなったことで、駕籠が濠沿いの路を選ばないか、それを危惧《きぐ》していた。濠沿いを行かれては、比丘尼橋へほどこした細工の意味がなくなった。

「我らも」

「うむ」

弥助が促し、二人は駕籠を見え隠れに追った。

駕籠は往路をさかのぼるように進んだ。

「亀か」

後を付けながら、弥助があきれた。

小柄で体重も軽い順性院だが、なにせ担いでいるのも女中なのだ。どうしても歩みは遅い。ときどき止まって調整しないと、弥助、己吉の二人は、追いついてしまう。

「めんどうだが、山のなかで穴を掘り続けた先祖よりはましだ」

己吉がたしなめた。

「それに遅いほどありがたいであろう。あまり早いと人通りがある。駕籠と同時に橋を渡ったことで巻きこまれる庶民を少しでも減らせる。まさか、かかわりのない者がいるからと、中止するなどと言うまいな」

「…………」

弥助が苦い顔をした。町人地にかかっている橋である。使用する者は多く、そのほとんどが町人であった。そして、水練をしない町人はまず泳げない。濠に落ちれば、まず助からなかった。

「承知している」

絞り出すように、弥助が言った。口調からていねいさが消えた。

「肚《はら》をくっておけよ。おぬしが、頭《かしら》なのだ。我らのな」

「くどい」

弥助が怒った。

「そろそろだぞ。比丘尼橋が見えてきた。向こう側の袂《たもと》に二兵衛がいる」

「ああ」

言われるまでもないと弥助が短く応えた。

「先頭が橋にかかったぞ」

「まだだ。駕籠が真ん中にたどり着くまで」

弥助が首を振った。

かなり日は傾いていたが、町屋だけに人が多い。狭い橋では身分ある駕籠とすれ違うのが難しいと待つ者が多く、比丘尼橋の上にいるのは急いでいる数名だけであった。

「あれは……用人」

橋の向こうに山本兵庫の姿が見えた。

「ちいっ。帰りが遅いので迎えに来たか。やむを得ぬ。今日は止めるべき……」

一瞬、弥助がためらった。

「おいっ、駕籠の先頭が橋をこえるぞ」

なかなか合図を送らない弥助へ、己吉が焦《じ》れた。

「いまさら、中止しても橋を修繕できぬぞ。いずれ落ちるのだ。まだ用人は駕籠に近づいていない。今だ」

説得を受けた弥助が手をあげ、おろした。

「………」

無言で二兵衛が同じ動きを橋の下へ向けておこなった。

「行くぞ」

「おう」

橋の下で、待機していた二人が、切りこみを入れた橋桁《はしげた》に蹴りを入れた。ぎりぎりで保っていた橋桁が二つ折れた。

「きゃっ」

最初に足場を失ったのは、駕籠の後ろ棒であった。

「えっ」

かろうじて対岸に足をかけていた前棒は、不意に跳ねあがった駕籠を抑えきれず、投げ出された。

前後の支えを失った駕籠は、崩れた橋から少しだけ遅れて落ちた。

「お方さま」

駕籠の前を警固していた大番士が叫んだ。

「馬鹿者、なにをしている」

大番士を突き飛ばすようにして、山本兵庫が両刀を捨てると躊躇《ちゅうちょ》なく飛びこんだ。

「あっ」

慌てて大番士も続いた。

番方の旗本たちは、心得ごととして水練を学ぶ。三人の大番士が続いた。

「誰か、お助けを」

残った女中が悲鳴のような声をあげた。

「散るぞ」

弥助がすばやく駆けだした。

「確認しなくてよいのか」

後に従いながら己吉が問うた。

「成功したならば、明後日には葬儀だ。失敗していたとしても、ああ人が集まっては、追撃は見られてしまう。黒鍬がかかわっているなどと知られてはまずかろう」

走りながら己吉が説明した。

「ううむ。しかし、順性院の生死くらいは……」

「なにより、山本兵庫が来た。あやつは違う。あやつならば、町人に紛れても、我らを見つけ出す。我らが館林さまについたことは、もう知られている。この仕掛けの裏に我らありと教えてしまう」

渋る己吉へ、弥助が告げた。

「やむをえぬか」

己吉が納得した。

「お方さま」

濠へ飛びこんだ山本兵庫は、漂っていた橋の欠片《かけら》で額を切った痛みも気にせず、駕籠へと近づいた。さいわい、駕籠は横倒しになっていたが、まだ浮いていた。といったところで、駕籠の構造上、御簾《みす》の隙間《すきま》から水が入るため、沈むことは避けられなかった。

「ごめん」

大声で断って、山本兵庫が上になっている駕籠の扉を開けた。

「ご無事で」

なかを覗きこんだ山本兵庫が、大人しく座っている順性院に安堵《あんど》した。

「待っていたぞ」

「よくぞ、扉を開けて外へ出ようとなされませなんだ」

山本兵庫が落ち着いている順性院に感嘆した。うかつに出ようとして変に体重を移動されれば、駕籠が転覆し、そのまま沈んだかも知れなかった。

「兵庫が迎えに来てくれるであろう」

順性院がほほえんだ。

「畏れ入りまする。どうぞ、駕籠を支えまする、お出ましを願いまする」

感動で声を震わせた山本兵庫だったが、余韻に浸る間はなかった。

「うむ」

首肯した順性院が立ちあがった。かなり駕籠は揺れたが、順性院は顔をしかめただけで、声をもらさなかった。

「わたくしの肩をお踏みいただき、外へ。一度水にお浸《つ》かりいただくことになりますが、身体の力を抜いて、じっとしていてくださいますよう」

山本兵庫がていねいに教えた。

「任せた」

言われたとおりに、順性院が山本兵庫の肩に足をかけ、そのまま水面へ滑り降りた。

「お方さま」

すぐに駕籠から手を離した山本兵庫が、順性院を両手で抱きしめた。

「そなたは妾《わらわ》をいつも助けてくれるの。うれしいぞ」

順性院が山本兵庫の首へ両手を回した。

「命をかけて、お方さまのお役にたちまする」

感極まった山本兵庫が、両手に力を入れた。

「少し強いぞ、兵庫」

やわらかく順性院がたしなめた。

「申しわけございませぬ」

叱られて山本兵庫がうなだれた。

「しかし、誰がこのようなまねを。巻きこまれた者こそたまるまい」

周囲で浮き沈みしていた庶民や女中たちが次々と沈んでいく。順性院が眉をひそめた。

「橋が落ちた……」

順性院の言葉に、山本兵庫が橋桁へ目をやった。

「あれは……」

鋸の跡はごまかしきれない。山本兵庫が細工に気づいた。

「このようなことができるのは……」

「寒い、兵庫。早く屋敷へ戻ろうぞ」

考え出した山本兵庫へ、順性院が述べた。

「これは、いけませぬ」

思考を断ちきった山本兵庫が、順性院を抱いたまま岸辺へと泳いだ。

「お履きものがございませぬ。御駕籠も用意するにしばしときがかかりまする」

申しわけなさそうに山本兵庫が告げた。

「待てぬゆえ、おぶってたもれ」

順性院が甘えた。

「ご無礼を」

背を向けた山本兵庫は、背中に順性院の重さを感じながら、周囲へ目を配った。

「それらしい者はおらぬが……このようなまねができるのは黒鍬だけ」

「なんじゃ」

山本兵庫の独り言を順性院が聞きとがめた。

「お方さまをこのような目に遭わせた者を探しておりました。どうやら黒鍬の仕業《しわざ》のようでございまする」

「……そうか。存分に妾の痛みを教えてやってくれ」

「はい。なんとしても、伝に生きていることを後悔させてやりまする」

願った順性院へ、山本兵庫が決意を宣した。

この作品は徳間文庫のために書下されました。

徳間文庫

お髷番承り候㊅

鳴動《めいどう》の徴《しるし》

2013年4月15日 初刷
2019年11月20日 3刷

著者 上《う》田《だ》秀《ひで》人《と》
発行者 平野健一
発行所 株式会社徳間書店
東京都品川区上大崎三―一―一
目黒セントラルスクエア 〒141―8202
電話 編集〇三(五四〇三)四三四九
販売〇四九(二九三)五五二一
振替 〇〇一四〇―〇―四四三九二
印刷 本郷印刷株式会社
製本 ナショナル製本協同組合

ISBN978-4-19-893675-4 (乱丁、落丁本はお取りかえいたします)